愛情微小說集 2

一刻。悸動

孫恩立

目錄

珍惜

惠賢第一次遇到加山德靖是在東京赤坂的爵士音樂酒吧。

進酒吧的人，不只為聽音樂，這些都是爵士樂的業餘愛好者，每晚聚在一起互相欣賞對方演出。

第一晚。

當惠賢正準備離開時，背後傳來這首懷舊歌：《Save your last dance for me》。

加山德靖以爵士樂節奏唱出這首歌。

婉轉的……留住了她。

他每晚出現。

她成為他的歌迷。

這一天晚上，等到九時還未見他。

惠賢正失望地準備離開時，他帶着一身的寒意衝進來。

看見她不好意思的停步，他用生硬的英語說：「I am sorry...late。」

這是兩個陌生人不可預測的命運交叉點。

＊＊＊

藉着翻譯軟件，他含蓄地向她敞開自己。

然而，話題一轉到她時；她總是只有沉默、悲傷。

他不明白她。但……是這麼希望可以驅走她埋藏的痛。

＊＊＊

異鄉病倒，最是孤寂。

惠賢病中收到他的短訊，想來她家探望她。

她呆了好一陣，可以與這言語不通的人再進一步嗎？

他忐忑、靦腆的走進惠賢家。

在袋中拿出她喜歡的葡萄、蜜瓜……他記得她說過的每一句話。

惠賢伸出帶燙的手，猶豫的握住了他。

過了很久，才感受到他那害羞的手，慢慢的一點一點收緊。

她生日那天。

他突然坐在鋼琴上。

她與酒吧內所有人都大吃一驚，沒有人知道他會彈琴。

是一首她提過、心愛的中文歌：《遇見》。

歌中的鋼琴伴奏，和着他努力唱出的中文音符……

她忍不住眼淚。

她低頭。決定聽從自己的心。

他收到她的短訊：「請等我。」

她失去蹤影。

＊ ＊ ＊

她不是自由身。

桃花不斷的丈夫，已完全不顧她自尊的把其他女人往家中帶。

她固執的挺着卑微的希望，不肯在離婚書上簽字。

丈夫滿臉不屑：「為甚麼忽然願意離婚，不是一直求我可憐你嗎？」

望着這不停踐踏她的丈夫……

她感謝那隻珍惜她的手，讓她可以不再承受被拋棄的輕蔑。

原來在愛中被珍惜的感覺是這麼幸福……

她因他，學會珍惜自己。

* * *

東京已開始下雪。

坐在酒吧一角的他，因思念而憔悴。

她靜靜走進來。

他不可置信，她示意他不要動。
她低下頭，嘴唇大膽的……印在他臉上……

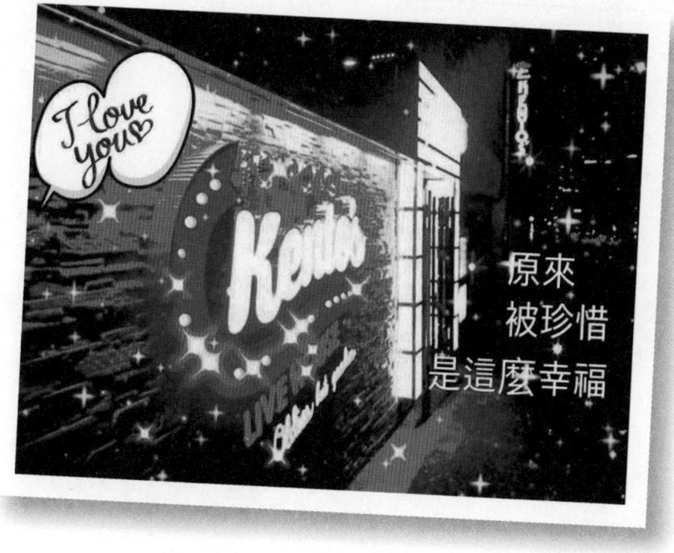

老闆

只是一次訂單出錯，已將這所中型公司，打擊至只剩六位員工。

然而，美妍對這花花公子老闆程威廉的刮目相看，倒不是因為在事件中他的沉着……

想不到的是，當那些曾拿着他的附屬信用卡，刷得眼也不眨的眾女友，用不同藉口提出分手時，他的君子風度。

連一向溫純的美妍，也忍不住對其中一位女友出言諷刺：「程先生可能沒錢付賬呢！真為你可惜，少了一張附屬卡。」

剛由房間走出來的他聽到了，呆了一呆……還為美妍向對方說句對不起。是這麼若無其事嗎？

之後送文件入房間的美妍，見站在窗前的他，尷尬地將紅了的雙眼轉開。

原來，也不是沒有將心帶入花叢的流連。

＊＊＊

真奇怪。

以往威廉身上是一套套亞曼尼西服，手指間打轉的是保時捷 911GT3 車匙……

但美妍只覺得他一派油頭粉臉。

然而，至今的他，簡單襯衣、牛仔褲，坐在二手 Honda Fit 車中……

卻在落寞感外、帶一份意外地令人留下印象的沉鬱。

中午他已甚少飯約，美妍為他張羅各式便當，為他打氣。

至那天，便當旁帶一盤美妍自製的菜沙拉時，他抬起頭看住她。

眼中是複雜的情意。

他曾風車轉般交往過一大堆女友，不難看懂美妍的低調告白。

然而，今非昔比……

淪落後的黯然，迫使他最後只敢用視而不見，掩飾了也是的心動。
新年前夕，他突然提升了美妍的薪資。
在美妍還未可以向他致謝前，他已將公司易手，並且無聲地遠赴英國。

＊＊＊

新年是一貫冷天氣中的喜氣洋洋。
威廉在叔叔的倫敦 West End 貿易公司上班。
「有人找你！」叔叔臉上帶着神秘的笑容。
威廉一下心跳。
抬頭見到滿臉笑容的兩位舊公司同事。
然而……沒有她。
威廉擠出勉強的笑容，難掩內心失望。
然後。兩位同事帶點捉弄的表情，挪開了一步。
手上滿是禮物的美妍刻意躲在同事身後。

她故作慨嘆：「沒有男友送附屬卡，刷自己的卡購物，真是刷得步步驚心……」

他走向前。

不顧眾目睽睽……緊緊擁抱住她。

她勇敢的走出了一步。

他配合她，也沒有原地踏步……

公園

剛大學畢業的智美，工作假期選了有花園城市之稱的澳洲墨爾本，為的是一篇這城市的報道。

文中一張張當地公園的照片，逼真地印下大自然的風采，散發着令喜歡拍照的智美、無從抵抗的吸引。

＊＊＊

在被稱為小巴黎的市中心 Collin Street 咖啡店當侍應的智美，喜歡站在臨街這一列窗旁，觀看路過的行人。

有時候，也會拿起相機，留下這城市的蹤影。

普通人的普通日子，智美留意到一名坐輪椅的老婦，接近襤褸的衣着、一個人孤單地滾動輪椅前進……

然而，她對所有路過、毫無表情的行人，都一一誠意的含笑道早安。

這種對陌生人無吝嗇的笑容，深深感動智美。

智美偷拍了這老婦的照片……以圖像印證只是一個笑容、也能如此地豐富人生。

放上 Instagram 後，她渾忘此事。

＊　＊　＊

一星期後。

智美留意到這人，一直坐在咖啡店臨街那位置。

然後，智美見到他眼睛突然發亮。順着他張望的方向……智美呆住，令他聳然動容的，也是曾令智美感動的——

輪椅上的老婦，將對生命的喜悅，拼在輪椅的不幸中，欣然輾過人生的殘酷，帶出令人感動的一幕。

智美走過去，為他換了一杯咖啡。

「你的咖啡冷了。」她對他認真的微笑，為的是兩人脈搏間，互動着對生命的共鳴。

「你是放輪椅照片上Instagram的人。」他望着智美，想了好一陣子，然後笑了。「我住在這咖啡室樓上，所以一看照片便知道是由這位置拍的。」

這是智美與彼得的第一次見面。

＊＊＊

兩位攝影愛好者，很快成為好朋友。

在大學任助教的彼得，毫不掩飾對智美的傾心。

星期天。在公園一角、與智美天南地北談天的他，給智美一杯雪糕。

「我從小就喜愛坐在這位置吃雪糕。聽着噴水池有規律的水聲，很有安全感。」彼得陷入小孩般的無邪。

智美視線由雪糕投向噴水池。

她驚愕到無法開口。

這角度的噴水池，對智美而言是再熟悉不過……

「你是報道墨爾本公園的那人！」她跳起。

……這時這刻、這似乎是最合適的動作……她大力親吻着詫異的他……

＊＊＊

兩人的相遇，從來，原來，都不是偶然。

珍惜

德芬詫異自己對志皓愛戀的結果。

如果作為結婚對象去計分的話，她肯定是A++分數。

名大學畢業、理想職位、討好樣貌、小富家境。

而被德芬視為結婚對象的志皓，雖是同級同事，但不苟言笑的獨家村性格是同事堆中的透明人；晉升機會幾近零、而家境更僅是溫飽。

德芬盡心盡意的討好志皓，也一直覺得是勝券在握。

所以當志皓尷尬加坦白的對德芬直言：「對你……沒有戀愛的感覺。」

德芬連表面的禮貌也維持不了。她衝動的奪門而去。

冷靜下來，雖然痛心的明白，志皓對自己，原來一直只在敷衍。

然而，她放不下他。

之後，她選了更傻的一步——

德芬刻意溫柔體貼、噓寒問暖……

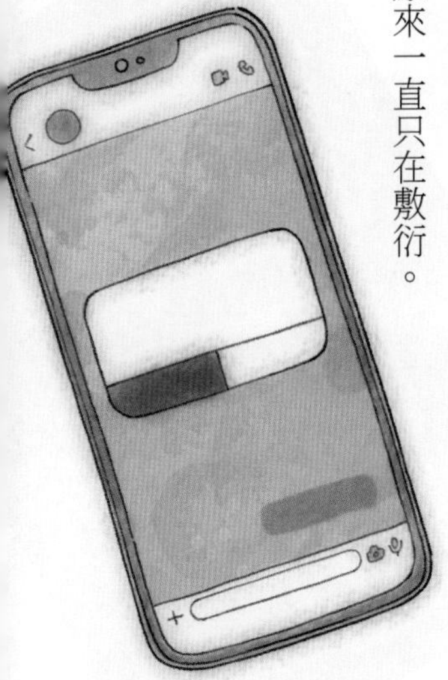

可惜，結果是這麼殘忍。

假如他不愛你，再努力也是徒然，只會令他更討厭的躲開你。

其實，愛上一個人，也是很無奈的一回事……

＊＊＊

插在德芬心上最後一刀，是志皓巴巴的去討好另一位職員。

不覺得這人有任何地方比自己好，除了志皓不愛我……但愛上了她。

＊＊＊

還好。做盡一切蠢事的德芬，最後終於做對了一件事：取消了與志皓的一切聯繫、封鎖了他……

這些動作不是在拒絕志皓。

事實上，他也很少主動聯絡德芬。

這一切只是告訴德芬自己：要斬斷一段沒有結果的感情，這狠心的一步是無可避免……

* * *

德芬過了好一陣子才明白自己在失戀。

混沌的在度日……低看自己……

未曾真正擁有的失去，是比曾經真正擁有更卑微。

德芬艱難的迫自己走出這枷鎖。

* * *

剛遇上偉明的德芬……從未如此膽怯。

尚困在被志皓拒絕的痛苦，在面對條件如此優秀的偉明時，是忐忑的躊躇。

至那一天，她終於忍不住：「你喜歡我甚麼？」

偉明意外：「喜歡一個人，不一定有原因。」

她仍然忍不住：「那，你為甚麼對我這樣好？」

他笑了：「這我倒是知道原因。因為我喜歡你。」

德芬低頭。眼淚幾乎奪眶而出。

是的。曾承受的痛楚是如此的煎熬；但解釋卻是如此簡單：愛與不愛而已。

在面對新一年、去舊迎新之夕，選擇也是如此簡單。

送走不愛你的人、珍惜愛你的人。

春節

美國小鎮大學畢業後，德明因協助父親日本分公司生意，而進入位於赤坂新置的家時，意外得張大了嘴巴。

半年前，舊業主答應麗芬在春節這星期，住在他長期空置的日本家。

但業主匆匆賣出物業後，竟忘記通知麗芬，連鑰匙都已交了給她。

德明想不到會有這種電影情節。

然而，他明白春節訂酒店之難，加上見到兩間房間。

德明一笑置之。

決定與她捱過這星期的「同住」。

＊＊＊

星期六下班後。

坐在露台上沉靜、秀麗的她，令德明停下來。

他冒昧的邀請麗芬一起晚餐。

德明見到她的外出打扮……

「你怕有人要追求你嗎？」他看着戴帽、口罩加黑邊眼鏡的她，忍不住開玩笑。

她不好意思的低頭笑笑。

＊＊＊

只是一頓飯，已讓他明白了自己。

她深沉的眼眸、含笑停留在德明臉上的溫柔，令他心動。

德明很少開口，然而，眼睛道出的心意，也在回應着他已無法遮蓋的情意。

七天。

他們沒有去過任何遊客區，然而兩人走遍赤坂附近的大小食店。還有，晚上一所所的音樂酒吧，搖滾、鄉村、吉他音樂……

要離開前的一天。

在晚餐後回家的路上，他拉住了她的手……不知道如何開口。

麗芬略帶詫異。

然後，她慢慢靠近他，代他道出了心意。

晚上，風漸強。

依偎着的兩人，乘着風，吹起無法形容的愛戀。

「告訴我：你所有的聯絡方法。」他不捨得她。

「……用一年時間先考慮一下好不好……明年今日我們再作決定。」她猶豫。

「這是甚麼遊戲，為甚麼要考慮一年？」

她堅持。

她沒有留下任何聯絡便離去。

他一個星期後追蹤到台灣，嘗試聯絡舊業主去找她。

但還未見到舊業主，他已找到她。

雜誌封面上的麗芬，一貫的含蓄微笑。

當紅女歌手。

德明停在路邊。手上的雜誌如鉛般墜下。

自己只是小康之家，怎敢追求紅歌手。

＊＊＊

一年後。

她已變成一個只能印在他心上，常被思念的幻影。

又到春節。

一天工作後，疲累打開門的德明，再一次經歷曾經的驚愕。

「為甚麼沒有換門鎖？」她笑問。

他低頭，忍不住思念的眼淚。

原來已是一年……

她忘記不了他。

終於……捱到可以證明愛情的那一天。

真情

班主任看着面前的德明與依麗——這兩位在大學入學試失手的高材生，不禁黯然。

離開教員室後，德明衝往牆角掩臉嚎哭。依麗嘗試上前去安慰他，也忍不住淚如雨下……

德明後來去了澳洲唸獸醫。依麗進了大專院校唸設計。

五年後，當依麗知道中學同學組團赴澳洲旅行時，當日德明與她哭成一團的影子忽然鮮明起來。

在墨爾本 Tullamarine 機場等候的德明，在同學堆中見到當日與他對哭的依麗……

* * *

德明盡地主之誼，帶同學用腳踏車遊遍墨爾本。

七天。無法控制自己的德明、一直徘徊在依麗身旁……

而愛笑、愛鬧的她，也身不由己的被德明的木訥、害羞……暗暗吸引。

明天要離開澳洲。

依麗想起附近有一所曾在國際紋身藝術展得獎的紋身店。

店內紋身圖案，具天馬行空的特色。

兩個人想了又想……

最後依麗皺了皺鼻子，笑笑：「我怕痛、不敢紋。」

晚上，德明去接購物之後的依麗。

在皇后公園旁那所餐廳，燭光搖曳。

「這幾天與你在一起、很快樂；我……」

一向害羞的他，說到這裏，臉已漲紅，不知道怎樣說下去。

她取笑他。

然後，她將汗衫拉下，示意他看她的肩膀。

他湊近一看，無法動彈。

是一個小小的心形紋身，中間是他名字縮寫：TM。

「看！我將你藏在我身內，明天帶你和我一起回家！」

燭光輕晃依麗的盈盈笑意，代他道出了無法出口的心與情。

德明輕觸她那肩上的紋身，他情不自禁的緊緊擁抱她……許多的不捨。

＊＊＊

二月十四日。情人節。

他坐十個小時飛機去見她。

半年來，兩人間的一段段短訊、纏綿愛戀。

在機場相遇，他大膽的告白：「每天想念你、天天辛苦地倒數見你的日子。」

面對他千里而來的認真，她開始內疚。

晚餐時，她決定向他坦白。

「在澳洲時，我和你開玩笑！那紋身……只是紋身貼紙！」

他笑了。

「我知道。」

當日。他觸摸紋身時已知道。

然而，他沒有選擇將澳洲的邂逅，變成如貼紙般可以洗去的偶爾。

她被他感動。

「圖案可以洗去，但我確實由那天開始、把你藏在我心……」

她確實沒有用假意……去辜負他的真情。

兩全

振宇與美君兩人的戀情，在英國唸大學時低調的起步。

幾近不合理的風平浪靜，讓美君總是問：「是愛得不夠嗎？」

振宇愛憐的拍拍女友的頭：「有我這種專一的男友，你才可以幸運的問這種白癡問題。」

世事無常。

在警隊商業罪案調查科工作的振宇，接到上級派下來的任務時，額角立刻冒出汗。

美君的父親李重賢，金融界名人，竟是巨額欺詐案的幕後主腦。

原來他被警方跟進了多時，現已到證據確鑿。

振宇走入洗手間，用冷水拍臉，迫自己冷靜。

但仍阻止不了美君淒涼的臉一再浮上來。

由小到大被雙親捧在手心長大的美君，怎承受得到父親坐牢、一夜富貴煙消的打擊！

小心考慮後，他向上司和盤托出與美君的戀人身份。

上司傻了眼。

怎麼自己下屬有這麼一位巨富的千金女友，身為上司，居然毫不知情。

查案時，甚麼蛛絲馬跡都不會走漏眼；而今天，居然派振宇調查他未來岳父。

還好是振宇自己要退出這案件。

「你要小心⋯千萬不要走漏任何風聲，否則首先坐牢的會是你自己。」上司語重心長。

下班後，美君如常高高興興的與振宇晚餐。

「你知道我從小就希望成為警察。好不

容易入了警隊，我是無論如何也不會放棄。」
他艱難的開始這一番話。
美君不明白男友在說甚麼。
「現在工作上發生與我交友上有衝突的情況……即使這人對我是這麼重要……我也捨不得警察這份工作，只好放棄這人……」
多年與美君一起的日子飄過腦海。
「你快快長大……為我……也要好好照顧自己。」
他辛苦的轉身離去。
第二天，振宇辭職。
不應開口的話，也違規做了。
恩義原無法兩全。
他以為曾經這麼努力為將來拚博，便能夠擺平不可能的平衡。

＊　＊　＊

在中型保安公司工作的振宇，在報章上看到美君父親入獄的消息。
他低下頭，為美君難過。
她怎樣了，有好好吃飯，照顧自己嗎？
下班的疲憊……單調腳步聲……
旁邊加入她的腳步。
「沒有你，我不懂得怎樣長大、照顧自己。」
是久違了的美君。
他咬着唇，終於落下曾經這麼委屈的眼淚。

恩義難兩全
他以自己的將來 擺平不可以的平衡

婚禮

在大學合唱團的舊生聚會中，美芬與前指揮洛華興高采烈的談了一晚。

他送她回家。

昏暗路燈下，洛華惆悵。

他告訴美芬，兩個月後將赴美國唸研究院。

彼此是成年人，不是不感到這一夜帶來的心動。

然而，曾經相逢，卻又是相逢恨晚。

想像是難有結果的交往，卻原來是可以如此放肆。

送機的那一天。

他好不容易才能轉身離去。

＊ ＊ ＊

之後的定時短訊來往，延續了當初以為只是過客的彼此。

她用大膽溫暖的對話，嘗試替他驅走在異鄉的孤單。

半年後。

她感到他的猶豫。

然後是他的沉寂，沒有分手而失去聯絡。

她也曾預計異地戀會寂寞終結；但到真正發生時，還是熬不過悲痛。

＊＊＊

一年後，美芬意外地收到洛華的邀請。

三天？

赴美國與他見面。

他沒有回答邀請的原因，只是用「很掛念你」來表達了邀請的誠意。

＊＊＊

洛華踏進美芬在美國的酒店房間。

添上了一點滄桑的他，親切笑容依舊。

她仍然為他傾倒。

「我後天結婚。」

美芬呆住。

想不到，他一開口，竟是這麼令人唏噓的消息。

她忍住淚水，努力令自己為他高興。

「曾經這麼真心的希望，可以與你在教堂中開始下一階段……請原諒我這麼自私，用這方法邀請你到教堂的婚禮……實現這願望。」

她詫異他的傻氣，然而也感動了。

兩天後。

她走近這古老的教堂。

外面懸掛的一個鐘上，白花綻放……

X HOTEL

她黯然。

推開門，是走錯了地方嗎？教堂內空無一人。

好心的清潔工急走過來：「婚禮取消了，你沒有收到通知嗎？」

她如墮五里霧中。

返回酒店。

踏入大堂，迎面是應該在婚禮中的新郎。

她望着以為已失去的他，無法開口。

「為在美國居留的綠卡，我以為可以慶幸地步進教堂……然後，才發現無法繼續新娘不是你的婚禮。」

「我破壞了你的婚禮。」喜悅的淚水令她哽咽。

「錯的是我。」

傷了今天的新娘，他也無限遺憾。「原來再好的條件，也買不起一顆心。」

「出外走走好不好？」她問。

外面陽光燦爛。

已發生的都不堪回望，將來卻在陽光之下。

「好。」
走進太陽底下。
兩個人的影子，在光線下漸靠攏……

不再

英國。劍橋。

惠賢。孀居七年。

為事業拼搏之際……一場險送命的肺炎，迫使她重新衡量人生。

這片樹林寧靜，小徑旁繡球花繽紛。真是休養身體的好地方。

＊＊＊

惠賢見到站在不遠處的鄰居。

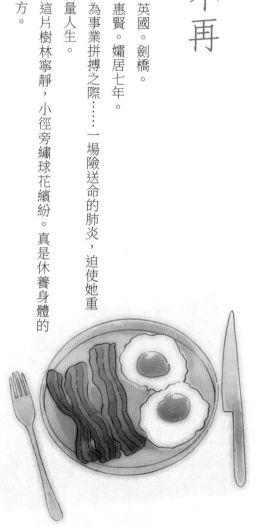

信步走過來的他，套頭毛衣，渾身從容。

「我是約翰。方太太已交代過你會來養病，拜託我好好照顧你。」他手插褲袋，配上內斂而典型的英國含蓄笑容。

約翰剛從當地書局退休。

惠賢對他的照顧是感謝加詫異。

「不要介意。我太太病逝之前我也照顧了她好一段日子……」

約翰熟悉，自然的為她打點一切。

早餐煎培根的香味，溫柔的提醒她起床。

下午茶是簡單的鬆餅，加上他自己釀製的草莓果醬、伯爵茶。

晚上是煎至金黃的鱈魚配上 Marks & Spencer 平價紅酒的家庭式晚餐。

惠賢猶豫。

是因為已知道自己豐厚的金錢背景嗎？

她蓄意避談自己，更不時故意表露拮据。

* * *

「與太太努力儲錢，希望退休後好好去歐洲遊玩。她喜歡河船可以去到的小鎮，上岸後乘自行車悠然地逛……」他垂下頭，為太太不再能實現的夢想黯然。

「我也很希望遊一次歐洲，可惜經濟無法允許。」她不自覺的繼續掩飾。

兩個月後。

他告訴惠賢：已賣掉房子。會搬到倫敦近郊的兒子附近居住，省點開支。

只是短暫的相聚。

然而，他讓原是陰暗的每一天添上色彩。

她從不知道日子可以過得這麼舒然……加無求。

她焦急的想說出挽留的話。然而，話到嘴邊，只變成無法出口的不捨。

沒有了約翰的日子變得孤清。

一個月之後。

離開英國前。她想，好不好去倫敦再見一面？

已整理好行李的晚上。

「我是約翰的兒子。父親癌症再次發作入院。他一定要我在你離開前，將這些錢交給你。請你好好的去歐洲遊玩……不要像我母親般錯過……」

＊＊＊

這是離市區頗遠的地方小醫院。

她看到熟睡，久違的約翰。

她輕輕拉住了他的手。

他張大眼睛，欣喜。是以為不會再見面的她。

「你要快快好起來……我們一起去逛歐洲。」

她微笑。

＊＊＊

他再次聽到風吹過樹林的聲音。

那些曾經。

不容許的再錯過。

母親

這是獲袁氏獎學金同學的兩天集訓營。

志美頹喪的望着自己的輪椅。

前天晚上由樓梯跌下的結果。

集訓選在離島這幽美的度假酒店。

所以即使聽着幾乎重複的訓勉演講，也可和着海景的寧靜嚥下。

晚餐後。

志美獨自將輪椅轉入餐廳旁的花園。

她想去到草坪的盡頭，好好的看看夕陽染紅海邊的落日景色。

想不到路的盡頭，是蜿蜒而下的樓梯……

昏黑天色在頭上旋轉，志美開始冒汗。

努力想將輪椅轉頭之際，卻發覺輪椅不知被甚麼卡住了。

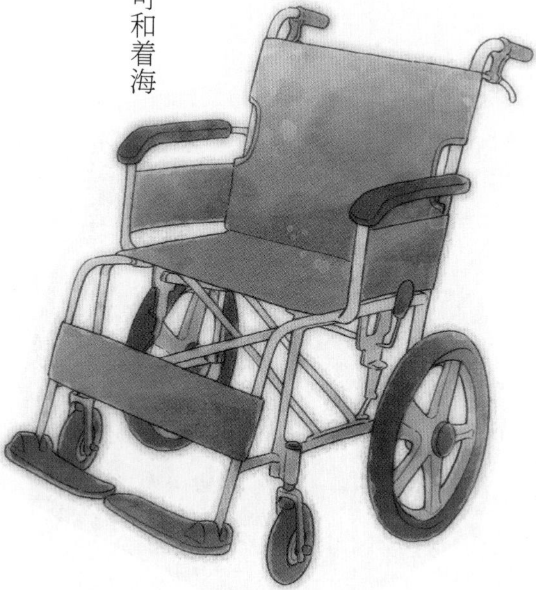

她轉身想找人幫忙，然後像看到像奇景般……剛才還是燈火通明的餐廳忽然隱去，周遭只剩下一片昏暗。

震驚了好一會，她才明白是停電，離島經常發生電力中斷……那熟悉的驚恐感迅速籠罩她。

她開始顫抖。

無法像以往般躲在被褥中捱過這一刻的她，終於掩臉哭起來。

就在這時，一個人急步走過來，扶住了她的肩膀。

「不要怕。沒事。只是停電。」

在被恐懼埋住的這一刻：他手的溫暖、按在肩膀上帶來的安定感，竟不可想像地令她回到曾以為永遠無法面對的那一刻。

她開口：「媽媽，媽媽，不要走。我乖……」

＊＊＊

十六年前，也是這樣停電的晚上。

志美母親與父親大吵一場下，衝出家門。

志美追到樓梯口，只是遲了一步，母親已轉身下了樓梯。

六歲的志美，站在漆黑的樓梯口，一直哭喊着：「媽媽，媽媽，不要走。我乖……」

她開始懼怕停電，懼怕面對黑暗的樓梯……

＊＊＊

她第一次說出這從未能解開的心結。

他專注的眼神，道出他的憐惜。

明白六歲的她，將對母親的渴望，變成對自己放不開的責怪。

後備燈開始運作。

原來只是五分鐘的黑暗。

他將輪椅推回餐廳。

昨天一進營，他便被她的溫柔笑容吸引，所以留意到她走向草坪。

「你母親？」他關心的問。

「她衝出馬路與車迎頭撞上。」

她眼淚再次湧出。「我遲了一步……我母親很愛我，如果她聽到我的聲音，她一定不會離開。」

是。

遲了一步，失去了母親。

然而這母親，仍沒有忘記為孤單了這麼久的志美，找到一個好伴侶。

蛋糕

志傑這餐廳得來不易。

當年在事件中，為眾江湖兄弟一力扛起所有責任，感激不盡的兄弟集資，以這所餐廳償還他不為人道的經歷。

低調、謙卑的他，守住這所意外地，在米芝蓮獲車胎人美食獎的心血結晶。

週一晚上。

見到走進來的她及同事，他怔住。

她是志傑心底的熟悉人，生活中的陌生人。

在餐廳對街天然酵母麵包店工作、沉靜、戴上紅格子圍裙的她。

他每天早上都會去買一個麵包，也每天盤算着如何踏出下一步。然後才知道充塞着情意的心，也因羞澀堵住了。

他無故的漲紅了臉。

「我們在你對街的麵包店工作……這是我同事秀雲，今天是她生日……」

在店內經常手口不停的那位女同事，隨手將帶來的蛋糕交給志傑廚房同事。

秀雲向他點頭。

在這一剎那，彼此交換的眼神，已隱約驅走早晨凝住的克制。

＊＊＊

進餐至中途時……女同事竟忽有急事，一再道歉後離去。

志傑看見進退兩難的她，尷尬地單獨進餐。

他也進退兩難。

最後他吸一口氣、大膽的坐下來，與她繼續這生日晚餐。

＊＊＊

看到蛋糕上的字，他不可置信。

「志傑：生日快樂！」

「祝你生日快樂!」她腼腆:「我同事認識你同事,他們說,從來沒有見過你慶祝生日,也沒有人敢提起……想不到我們在同一天生日……或者可以為彼此慶祝。」

他才記起。今天是自己的生日。

她,這麼有心思,婉轉的去走近他。

志傑感到那個小心營造的保護罩,漸漸地被熔化。

＊＊＊

與祖父母相依為命的志傑,很小時已失去這兩位親人。在親友間輾轉的寄人籬下,已再沒有人會為他的出生感到慶幸。

十一歲,參加同學生日會後,曾經這麼渴望有自己的生日蛋糕。一遍又一遍在腦中練習大家唱生日歌時的微笑回應、許願時的雙手合十、吹燭光時要一口氣……

然而,這蛋糕一直沒有出現。

直到今天。

＊　＊　＊

「感謝你的出生，讓我可以遇到你。」她鼓起勇氣。

他眼眶轉紅，努力忍住湧上來的淚水。

「生日快樂！」她說。

他低下頭，怕她看見他高興的淚水。

生日。

這一天，不再會是被遺忘的日子。

無求

中午。

踏出辦公室的志恆，腳步緩慢。

沒有派系、背景，智商、情商均甚一般的自己，卻配上了一個不認命的性格。工作上的一再受挫，加上自尊強挺着的不在乎，更多添一分難受。

辦公室旁的小巷盡頭，是這所食店。

與自己相似的食店。食物、裝潢都不起眼的老店，配着不認命的老闆，以感人的殷勤留住每一位顧客的腳步。

離遠已見到思美，一直隱隱感到遺憾的女友。

她親友甚至當着志恆也這樣語帶諷刺：「思美應該可以找到更好的男朋友。」

沒有閒錢帶她旅行、買不起她渴望已久的 Chanel 包包，甚至吃飯，也只能是這飯店的常客。

「這次升級，小劉上去了。」志恆很艱難的開口。

思美為他難過：「我知道你也等了這職位很久……」

志恒眼也紅了。

自己日夜苦幹，只因沒有小劉的背景……

志恒看到升職名單時，不禁問自己：這世界還有公理、公平嗎？

食不下嚥的一頓飯。

未到上班時間。

春天的微寒，襯托得陽光份外溫暖。

兩人沿小巷散步。

路旁的一株梅花，燦爛地開在平常不過的小巷。

思美舉起手機，用藍天作背景，拍下了小巷與梅花的矛盾美。

「志恒：我怕你以為這是安慰的說話，所以先告訴你，這是我真心話。」思美低低的聲音，正配上這條彎曲小巷的幽靜。

志恒專心的聽着。

「自認識以來，你一直拚命工作，希望我能有一位更有面子的男朋友，過更富裕的生活。」

兩人的腳步聲在小巷回響着。

思美繼續：

「我也很渴望可以一身名牌……但我更知道，身上掛再多的名牌，可以帶來的快樂，也遠比不上你帶給我的快樂。那天我加班後，你說：你寧願自己辛苦，也不捨得我捱得連說話的氣力也沒有……我從不知道已是這麼疲倦的人，竟然仍可以有這麼滿的快樂。志恆，今天，天這麼藍、花這麼美麗，加上對我全心全意的你在身旁，我已無求。上天可以不公平的分配富貴，但不能阻止我的感恩、滿足，讓我與你的人生，有超過理所當然的豐盛。有你。已無求。」

即使仍是春寒料峭，因你，盛滿過於所求的溫暖……

懸鎖

景色如畫的公園內，有這條愛之鐵橋。

戀人將鑄有姓名的鎖懸上橋欄；再將鑰匙丟進河中，象徵兩人永不分離。

星期六，下午三時。

嫣妍不可思議的看着前面這人，打開了橋上唯一能開啟的密碼鎖。

＊＊＊

偉立拿着鎖轉身時，見到呆立身後的嫣妍。

「你為甚麼懂得開這鎖？」她蒼白的盯着他。

「一位被汽車撞倒的行人，在臨終時拜託我……要我將鎖解開……交給他心愛的人……這是她的電話號碼。」他自褲袋掏出字條。

嫣妍接過字條，看到上面有她的名字、電話號碼。

「他走得……辛苦嗎？」她艱難地問。

「沒有。他很快已失去知覺。」

她眼淚大滴流下……她一直擔心他曾受苦。

＊＊＊

嫣妍逝去的男友星濤是一般人口中的叛逆青年。呼嘯的 Harley-Davidson 哈利電單車，我行我素的囂張，還有，英俊至令人感到冷峻的臉孔。

他與眾不同的選了這密碼鎖，約定兩人要每年來開鎖、再掛上，代表循環不息的情意。

＊＊＊

嫣妍與偉立的交往，始於她向他追問星濤彌留時的點滴。

她哀慟、沉默，仍留在逝去的戀情；楚楚動人的樣子，意外地，吸引住了偉立。

＊＊＊

兩年後。

喜宴上。

熱鬧、喧嘩、歡樂。

新娘子嫣妍拉住了新郎偉立的手。

外面是歡樂嘈吵聲。

二人置身的房間中，是凝住的沉默。

偉立奇怪嫣妍的欲言又止。

「偉立，你現在可以將真相告訴我嗎？」嫣妍望進他心底的雙眼，是容不下謊言的一片清澄。

「如果真相是你不想知道的呢？」他躊躇。

「真相是不會比謊言更傷人。」她堅決要知道事情的真相。

他想了又想。

他愛她，至深。

幾番開口，仍說不出會刺傷她的話。

最後，也只找到這藉口：「星濤走前也辛苦了一陣子。」

她低頭，止不住淚水。

意外發生前半小時，她收到星濤的短訊：「我已不再愛你。星期六下午三時一起去將鎖解開，釋放我們已成過去的愛情，讓我可以開始新戀情。」

＊＊＊

婚禮進行曲開始。

偉立望着白紗下的新娘。

意外前一天，與星濤的一幕再升起。

「偉立，這是嫣妍的電話號碼。告訴她你是我朋友，星期六下午三時你代我去與她一起解鎖。她不認識你，容易擺脫一些……」

牆紙

珍儀最近才發現，平易近人的自己，身旁過客是走馬燈般繁忙。然而，繽紛過客，雖然帶來了亮麗生活；可惜，過客不是人生畫板底色，始終無法承載人生細碎的剪影。

泉得是已來往了一年的大學同學及同事。被派駐上海的他，每月可以回家一趟。

泉得第一次回來時，珍儀不相信這是現代二十七歲男士仍會做的事，他竟然抬了一隻金華火腿送給珍儀。

要留意這火腿的量詞，是一隻，不是一塊。

「南京東路，上海第一食品公司的出品！」泉得還得意洋洋。

珍儀的姐姐把珍儀拉到一角：「你這朋友的神經線可能要整理整理，不過，能為你抬一整隻火腿回來，這人倒是值得關注一下。」

假如這隻火腿的任務是引起珍儀關注，那目的總算是達到了。

泉得之後回來，她總騰出檔期日夜相陪。

＊＊＊

這是泉得返上海前，他與她的對話。

「你愛我嗎？」泉得這句話與之前的火腿是一套，無枝節的一句問題。

「我很喜歡你，和你一起也很開心。」珍儀覺得這是真心話。

「你聽清楚我的問題。你愛我嗎？」

泉得並沒有被拉扯開去。「你懂得愛與喜歡的分別嗎？」

「如果你說的愛是那種神魂顛倒、身不由己，日夜想念你的感覺，則我要坦白說，我沒有。」

珍儀想了一下，繼續：「事實上，我不知道已喜歡你到哪地步……是否已是進入危險地帶……愛的區域。」

「由喜歡進入愛或直接愛上，在轉變初期並不一定清晰，但真正愛上了，那份身不由己的思念是無從躲避的清晰。自己一直想見的人，怎會不知道已愛上這人。」

泉得低沉而肯定的聲音。

珍儀無法說出……那麼，我應該沒有愛上你……這句傷人至深的話。

她的沉默道出了答案。

「再見。」泉得的自尊心，不容許他乞求愛情。

他拿起桌上的電話急步離開。

就在這剎那間，珍儀見到他手機上，自己被設為牆紙的照片。

「真正愛上了……一直想見她……怎會不知道……」泉得的說話猶在耳邊。

手機上，他已將她設置成人生熒幕的牆紙。

她身不由己的追出去。

這急速的步伐，也讓她明白……甚麼是身不由己。

串起

秀怡慶幸她能趕在教授之前衝進教室。

坐下好一陣子，她才有空看看鄰座的同學。

秀怡笑了。

旁邊那人，穿着與她相同的白色T恤、深藍牛仔褲、Adidas 球鞋。桌上是與她同款的木製筆盒，大家手上都是 Pilot 四色原子筆，甚至髮型也居然一樣。

除了性別不同外，竟是一個打扮、用品與她一模一樣的一個他。

之後上這課，大家也一直坐在一起。

以秀怡的美貌，她是有點驚訝宏文的目不斜視。

坐在一起半年，兩人的默契已至宏文會為遲到的她留座位。

然而，原本應該是隨便找個藉口便可以開始談話、交換電話、交往的三部曲；不知是否都是帶點倔強、硬脾氣的人，竟沒有人肯開口與對方說第一句話。

眼看學期接近尾聲，秀怡開始心急。

但雙方冷漠到現在，已變成無法回頭再開始的僵局。
畢業試最後一科完畢，秀怡帶點落寞的準備走回距大學一箭之遙的家。
宏文猶豫……
然而管不住的腳不知為甚麼一直跟着她。
一前一後，只是兩步之遙。
他陪同她回家。
她回望他，無法開口的幾許情意。
最後她打開背包，將自己心愛的木製筆記盒，交給他……再頭也不回地離開。
一段不可思議，與時代脫節的邂逅。

＊　＊　＊

她之後的幾段交往，都是達沸點的戀情。
日日夜夜的難分難解。
連吻與吵架都是刺進心的激烈。

然而，熾熱的蠟燭，也往往緊接着最急墜的灰飛煙滅。

＊＊＊

昨天剛結束另一段……

曾經如此無保留、傾盡的戀情。

秀怡奇異自己的感覺。

是已灰心至無法再感到傷心的麻木。

勉強打起精神走進會議室。

合作公司派來開會的代表坐在桌子對面。

秀怡疲倦不堪的雙眼，突然無法移動……

桌上是自己再熟悉不過的一個木製筆盒。

視線向上移，是久違了的宏文。

他含笑的雙眼，帶着當日未開始、未完結

的情意。

昔日的時光重現，他終於無聲地用口型說出他們間的第一句話：「你的筆盒……我很小心保管。」

室外傳來街上嘈吵的聲音，然而，她只聽到細碎的流水淙淙。

細水長流的串起年月……串起可以留住的愛情。

再遇

在英國大學任教的德偉，習慣早上在倫敦海德公園跑步。

初春。

冷風如水晶般清洌。

跑過這排木椅，他突然停住腳步。

平常在這時間總是空着的木椅上坐了一個人。

她美麗的東方臉龐上，帶着不合襯的迷惘。

「我到了天堂？」她向德偉說的第一句話竟是法語。

見到德偉的愕然，她改用英語：「這是甚麼地方？」

「海德公園。」德偉啼笑皆非。

「我為甚麼不是在天堂？」

德偉躊躇一下，這人精神有問題。

他急急跑開。

過了好一陣子，他不知道自己為甚麼會跑回去。

「你不要去天堂。可以的話，留下來給我將來的孩子煮飯。」他說完這話後急步跑開。

又過了一陣，他再跑回去，脫下左手有他名字簡寫 T. W. 的一隻手套給她。

「你臉都冷青了。」

＊＊＊

德偉從不相信一見鍾情。

但這之後，她用法語說話時的迷惘表情，一直強佔他整個腦海。

他沒有再見過她。

＊＊＊

一直嚮往加拿大魁北克老城區的歐洲典雅風情，德偉慶幸可以在冬季嘉年華會期間在這大學參加研討會。

踏入已開始演講的會場，德偉的視線呆在講者臉上。

這張忘不了的臉，美麗如昔。

他急急打聽她。

「羅教授？基因與細胞修復自癒力的專家。」對方大學講師望着巧笑倩兮的她，忍不住補一句：「年初時因失戀，也幾乎鑄成大錯。幸好家人發覺，救回一命。」

演講完畢。德偉忍不住衝上前看清楚她。

＊＊＊

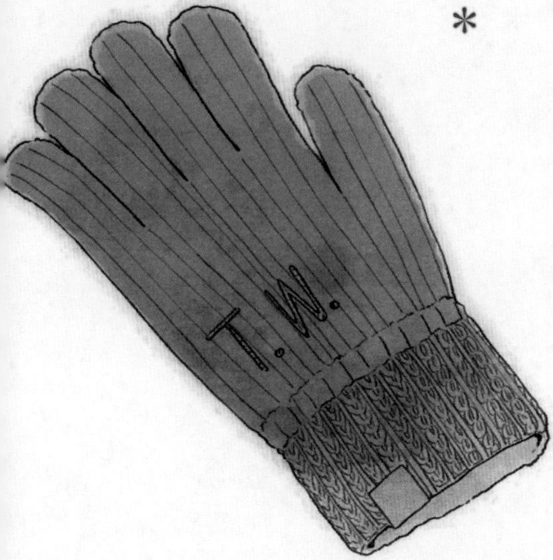

羅志怡教授在演講後，輕鬆地走下台。
然後，感到一雙緊盯着她的眼。
好熟悉的面孔。但這又明明是一個陌生人。
她禮貌地向他微笑一下，轉身與其他人寒暄。
德偉黯然。

* * *

研討會結束時，天已全轉黑。
志怡急步走向車的途中……她看到了一隻不能再熟悉的手套。
她衝上前，強拉住這人的手。
打開他手心……手套上 T. W. 兩個字呈現眼前。
她不可置信：「海德公園是真的？不是我的幻覺？」
他低下頭。

眼眶轉熱。

海德公園與她的遇見，原來也不是他的幻覺。

「我們要先認識、才可以結婚，有小孩子……」他微笑。

「我才可以替他們煮飯。」她頓一下，也笑了。

飄雪。

但不寒冷。

兩人的再遇。

註：加拿大是英語、法語雙語制國家。魁北克多用法語。

輸了

「誰有膽量把老闆給拿下來？」

三位大學的好友，這麼巧合的進了同一所公司，今天嘻哈的開了這麼一個玩笑！

話說完，其中兩人很自然的望向秀麗，人如其名的她。

「打賭嗎？有甚麼獎金？」年少氣盛的秀麗，終於忍不住。

＊＊＊

「我們的管弦樂團表演，我拉中提琴。門券推銷不去，給老闆你一張來聽聽好不好？」

秀麗很輕描淡寫的開始了追求的第一步。

中提琴：低吟、婉轉、徘徊。

台下本來只是客氣地坐一下的老闆任迪然，被音樂細細扣住。
他冰冷外表一旦融化，內心原來藏着這樣的一團火。
迪然公開追求秀麗，幾乎將所有時間環繞着她。
這天，她坦言午餐另外有約，一溜煙的早走。
他緊跟在後……然後見到她與一染金髮小子十指緊扣進入餐廳。
他衝動的走向二人餐桌前。
秀麗愕然，然後想起這也是自己不能得罪的老闆。
她尷尬的站起來。
看到他鐵青的臉色，她衝口而出：「我們的感情……不必太認真。」

＊＊＊

下午的陽光透過百葉簾，在地上排出黑白相間的圖案。
她低低的，向他坦白了打賭這件事。
他不可置信的雙眼，定定的停留在她臉上。

她那些曾令他暈眩的含笑凝視、秀髮輕拂他臉撩起的心動、自己無保留的感情傾瀉⋯⋯

原來只是三個女孩子的隨口玩笑。

他不懂得不認真的感情，他向她點點頭。沉默。不發一言。

三個月後，她離職。

＊＊＊

在好友婚禮上，她遙遠見到任迪然。

被一堆甜姐兒傾慕目光圍繞着的他，沒有了以前的冰冷。

她從洗手間出來，在窄窄走道上，二人被迫面對。

他褐色眼珠內，有她欲言又止的猶豫剪影。

最後，攔不住自己的她，大膽的攔住了他：「我輸了。」

他不解的望着她。

「離開你後⋯⋯一直想着你。原來這不是打賭，我是真的愛上了你。」

望着她，他好一陣才開口：「我們的感情……不必太認真。」
她眼淚奪眶而出，只得轉身離去。後面一雙手緊緊的抱住了她。
她感到他胸膛的熾熱。
他說：「我也輸了。」
見到她時，他的自尊心與愛情在交戰；贏了的自尊說出賭氣的話……
然而，心卻無奈地、輸給了愛情。

贏了的自尊
說出賭氣的話
心卻無奈地 輸給了愛情.....

擁有

秀蘭看到門外站着的他。

離家三個月，帶點羞愧……然而不是不流露釋然的丈夫富澤。

這扇門，總是在他無路可走時為他打開。

***

秀蘭望着前面衣服襤褸，既是熟悉又變得陌生的人。

三個月前，與離家不遠餐廳的侍應開始打得火熱的富澤，又肆意的開始露出馬腳。

下班後手機關上，不知所終。

嘴角沁出的笑容，是沐浴在情場的喜不自禁。

十五年婚姻。

在第五年後，富澤每二、三年，便會出現的第三者；確是令一再原諒他的妻子疲憊不堪。

富澤是這種大好人性格。

向朋友慷慨借出與自己經濟能力不符的金錢。

更甚的是在感情上，也心軟的將婚外關係處理得一團糟。

總是與婚外情對象愛至失去理智時，離家與另一半雙雙對對。

待至三到五個月，熱情冷卻後，再帶着無法面對現實的愧疚回家。

＊＊＊

「你喜歡的藍莓起司蛋糕。」他討好的將蛋糕放在桌上。

她看到他衣袖邊的污漬。

是離家期間沒有人好好的替他洗衣服吧！

在當年感情開始萌芽時，藍莓起司蛋糕是關鍵。

他細心的留意到她喜歡的蛋糕，然後悄悄的買來，假作不經意的給她送上。

父親一早離家出走、在沉默冷漠的母親身旁長大的秀蘭，被這種呵護的幸福感輕易溶化。

然後是固執的守護着一再被欺騙的殘碎婚姻。

＊＊＊

應是靜寂的深夜，仍傳來鄰居的電視聲。

秀蘭將兩人聯名的銀行存摺放在桌上。

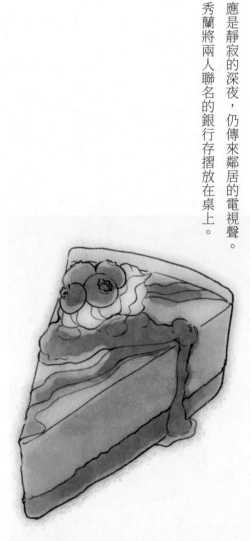

「存款全都在這……房貸上月已還清。」勤儉持家的她，婚後一直努力工作、儲蓄。

掙到的錢、點滴都盡用在這家上。

「我對不起你。」他羞愧的想捉住她的手。

秀蘭猶豫一下。

低頭。躲開。

走進房間的她，淚流滿一臉。

「癌細胞已擴散至全身……無法治療。你好好度過這幾個月。」今早醫生對秀蘭遺憾的說話。

＊＊＊

屋前這不知名的樹，一直綠葉青葱。

當年。

二十三歲的秀蘭，遇上二十五歲的富澤。

他這麼俊秀的臉、隨和至感人的溫柔性格。

當日對她愛的眷戀；填滿她綿綿一生的情意。

＊＊＊

她擁有他最美好的青春歲月。

這曾經的愛，燃點了無悔守護的一生。

她擁有他最美好的青春歲月
這曾經的愛 燃點了無悔守護的一生

面對

志宏、雅彤這對戀人。

二人間的第一次紅燈。

「我與中學同學在吃飯。」雅彤在電話另一端。

「開視像通話，讓你的同學見見你男朋友。」志宏開始時只是開玩笑。

她呆了一呆。

有點勉強的回答：「我怕你太英俊，會被人搶走！」她以一貫的花巧，匆匆結束這次對話。

志宏從事金融分析，推理能力不低。

這次對話有太多欲蓋彌彰的不自然。

到第二次時。

志宏已知道這不是多疑。

在約會中途去洗手間的雅彤，被志宏在餐廳鏡中倒影看到一直站在洗手間門口用手機。
是不可以在志宏面前發的短訊嗎？
吃飯時。
志宏留意到雅彤放在桌上的手機，不斷閃出有新短訊進入的信號。
「你有很多短訊。」志宏裝作不經意的提醒。
「不重要的。」雅彤沒有像以往般看看是甚麼信息，而是急急的把手機放進背包內。
在蛛絲馬跡一再重複後，志宏放棄做福爾摩斯。
因為他相信，如果兩人中出現第三者，問題不是在第三者。

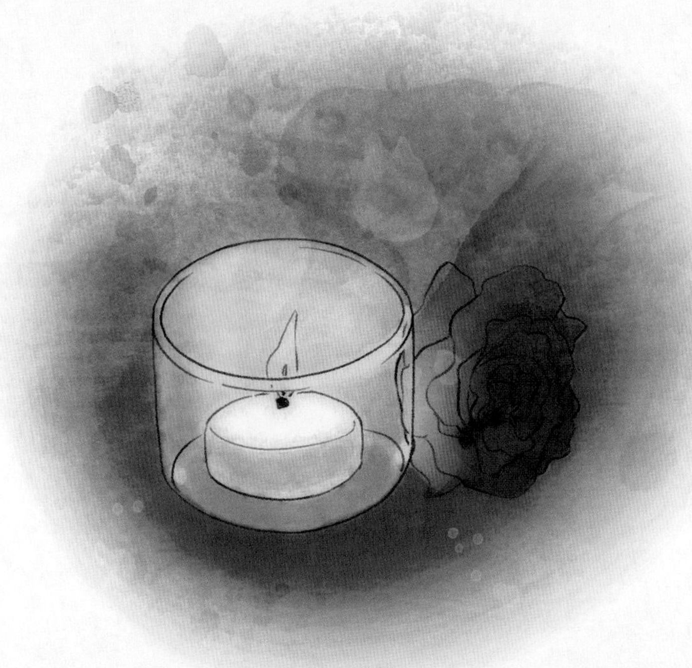

真正相愛的人中間，是不會有第三者存在的空隙。

晚餐。燭光搖曳。紅格子桌布映出溫暖氣氛。

「我愛你。請不要將謊言帶進我們中間。」他向她……低聲懇求。

「對不起。我是有了另外男友。三個月了。」她囁嚅。

「我們分開冷靜一下。」

＊　＊　＊

雅彤覺得奇怪。

在這冷靜期內，原本是可以無障礙的與另一個他來往的自己，竟然會開始退縮。

在可能失去志宏之際，她才明白這第三者固然帶着無法抵抗的新鮮吸引，然而，志宏卻是無可取代。

＊　＊　＊

三個星期後。

星期天嘈吵的自助餐廳。

「原諒我。」她後悔在他情意背後，竟會去追求這偷摸的刺激。

他沉默的看着她。

她低垂頭髮露出白皙的頸項。

志宏不明白……為甚麼仍會心繫雅彤。

愛一個人，為甚麼會是如此辛酸……

他猶豫。

接受、原諒她的話幾經辛苦也無從出口。

他一直選擇彼此用誠實的心交往。

所以，他也希望用自己的心，作出誠實的選擇。

＊＊＊

雅彤看到志宏一圈圈轉紅……幾許情深、從未改變的眼。

然而，他震抖卻緊抿的嘴唇，也道盡「我做不到再接受你」的創傷。

她用手蓋住他的口。

「不要說。我明白。」她無法止住的眼淚終於湧出。

「讓我可以告訴自己你仍然愛我……也容許我在今後，用你曾對我的珍惜來懺悔。」

她轉身離開。

他別過頭。

強拉着的自己是這麼痛……

在這仍是嘈吵的餐廳……

看書

在圖書館工作的惠美被吸引——他像雕像般專注看書的凝神。

側面的高鼻子、下巴深刻線條，配上柔和的長睫毛。

是在圖書館附近辦公吧！

在午餐時間，他固定的進來半小時。

「你喜歡看書……」她驚訝自己終於衝口而出這搭訕的第一句話。

想不到這麼高大的他，回應竟是意想不到的漲紅了臉。

他笑笑。不是不帶點羞澀。

梁定為。

惠美在心中默唸他的名字。

兩月前開始來圖書館。

借的書。

清一色是日本推理小說，包括自己最喜歡的日本推理小說大師松本清張。

呈現松本清張功力、不是不複雜的小說《點與線》，他借了一個多星期。

《天城山奇案》是令惠美感動的小說。

他在中午時曾細讀這書。

惠美查看他的借書記錄，還有，不能不留意到二十七歲的他竟住在她家鄰近的大廈。

＊＊＊

她刻意早上在他家附近徘徊，製造不經意的遇上、不經意的寒暄。

還有，自然開始的約會。

她特意投其所好。

約會期間，她讓松本清張做了主角。

惠美看着定為的慢慢陷入。

她也為他溜過她臉、含蓄的喜歡感沉醉。

三個月後。

兩人初拖手的感動。

她思前想後，決定坦白。

「我三個月前喜歡了你。」

她鼓起勇氣，告訴他事實。

「我查看你所有借過的書，知道你喜歡松本清張，所以特意和你一直談松本清張，讓你留意我……」

他沉默。

她不得不繼續：「如果你知道我們交往開始是這麼人工，你還會喜歡我嗎？」

好一陣子。他將手按住她在桌上的手。

「六個月前。早上的巴士內。第一次見到在看書的你。在眾多看手機的人中，你低頭專心看書的樣子感動了我。」

他繼續。

「你每天看的都是松本清張，終於我不得不藉着他老人家，開始進圖書館找你。」

「你為甚麼不先開口與我說話？」她又驚又喜。

「我還在推理小說中找靈感與你開始，你已比我快了一步！」

「你也看過那麼多推理小說，那你猜我下一步會做甚麼？」她開始挑釁。

「介紹我看你喜歡的松本清張短篇小說。」他捉弄她。

她氣結他的笨。

他頓一頓。

他嘴唇碰上她的。

「不是大師。是我自己想出的下一步……」

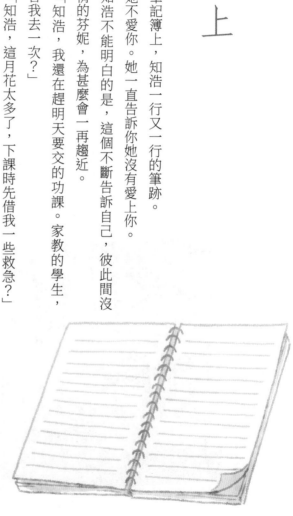

心上

筆記簿上，知浩一行又一行的筆跡。

她不愛你。她一直告訴你她沒有愛上你。

知浩不能明白的是，這個不斷告訴自己，彼此間沒有愛情的芬妮，為甚麼會一再趨近。

「知浩，我還在趕明天要交的功課。家教的學生，你再替我去一次？」

「知浩，這月花太多了，下課時先借我一些救急？」

知浩面前的芬妮，頭髮上是他最討厭的金色，還有，芬妮滿不在乎的笑臉。

「錢？」她向他打個鬼臉，伸開手。

「你答應我會努力做好家教去賺錢、不再花錢去染頭髮……」知浩忍住怒氣。

「下次不會。」她敷衍的笑笑。「你是我的好朋友。」

她滿不在乎的拍拍這籠中物的肩，一溜煙的趕赴下一場。

* * *

桌上是三個空啤酒罐，還有桌子另一端的好友。

「你甚麼時候肯清醒。你只是她不用密碼的提款機。」

由中學至大學，有甚麼不如意時刻，德美都是志浩的庇護窩。

「德美。你不知道我愛她？」他終於忍不住嗚咽。

「很可惜的是，芬妮比我和你更知道這事實。」

德美停在他臉上的視線有說不出的難過。

志浩不知道芬妮一直在利用他嗎？

德美殘忍的面對真相：知浩從來都知道，只是他不肯接受現實。

他堅信不斷的付出，總有一天可以打動對方，所以他選擇做一個不停欺騙自己的傻瓜。

而自己，當然是更傻、一直守候在他身旁的傻傻瓜。

她拿出手機。刪去他所有的聯絡。

她的自尊心不容許她再傻下去。

＊＊＊

星期天早上。

德美在家樓下見到不知已守候了多久的志浩。

她倔強的不發一言。

「你封鎖了我。我只好來這裏等你。」

她靜靜的看着很辛苦才能被埋藏在心底的志浩。

「被芬妮利用，我為自己心痛……然而被你封鎖，我才明白日子捱不下去的痛苦。」他很艱難的說出心中話。

德美沒有停下。

她不想再守候一個只有需求、沒有愛的志浩。

志浩追上來。

他緊緊拉住她的手……沒有留下喘息空間給自尊心地懇求：「給我一點時

間……讓我明白我其實在愛你。」

他手心滲着暖意。

她想了很久，最後不得不向他坦白……

「我愛你，由中學至今天……」

他低頭。「我也從來都知道……」

他不肯接受現實.....
選擇做一個不停欺騙自己的傻瓜

照片

走進總裁偉立辦公室的新任行政助理嘉倫，像其他人一樣，被桌上 Tiffany 銀相框內的照片吸引。

照片中的她，只有十五、六歲。

不算是美人，然而帶着相框盛不住的陽光式歡樂笑容。

嘉倫恭敬的交代公事，點頭離開一直低頭辦公的上司。

關上門的背後，偉立抬起頭，凝視她離開的方向。

＊＊＊

十四年前，在父母離婚爭吵中成為磨心的偉立，唯一喘息的時刻便是往返學校的路上，見到鄰校的她……

總是帶着燦爛笑容、蹦跳着的她。

偉立偷拍了她一大堆照片，桌上這一張，最能帶出她的光芒。
中學畢業後，從未能再遇上。
然而，照片中的她，一直被牢牢的愛戀着。

＊＊＊

正在收拾桌上文件的嘉倫，聽到偉立的聲音：「你仍認不出自己？」
她一怔。
轉過身的嘉倫，臉上帶點適當的驚訝，充份回答了我不知道你在說甚麼。
他停在她臉上的眼，沒有錯過這令他刺痛的答案。

＊＊＊

時光倒流至面試行政助理職位那一天。

在嘉倫走進房間那一刻，偉立已認出她……被自己深愛着的她。

忍住翻騰的內心，偉立毫不猶豫的聘請了嘉倫。

沒想到。她心中既沒有他，甚至沒有昔日的自己。

＊＊＊

走出偉立房間的嘉倫，幾乎無法邁開離去的腳步。

在面試那一天，她已認出這個中學時，經常用手機偷拍自己的鄰校害羞男孩。

但自己？

大學第一年父親患病急逝。

與母親一起撐着還有弟妹的家，已帶走曾經是這麼陽光充沛的人生，剩下的只有疲乏……肉體、精神上均抬不起頭。

憔悴的自己，已配不上這眾人眼中的行政新貴。

公司集訓的午餐後，侍應拿出的甜點，竟然是紅豆冰。

嘉倫脫口而出：「這是我最喜歡的甜點。」

他沒有忘記，以往放學回家的路上，她總會買紅豆冰棒……

＊＊＊

中午。為節省開支，嘉倫會在公司旁的公園吃母親準備的三文治，也順帶享受繁忙工作外的寧靜。

偉立走近。

他拿出手機瞄準她……

她笑了。

舊日那個害羞男孩再出現……

「謝謝你。」她……也讓自己走回昔日。

「我等你。」

他帶笑拿出她心愛的甜點：紅豆冰棒。

燈下

夜幕漸低垂。

惠怡扭亮了工作台上的仿 Tiffany 桌燈。

過了好一陣子，工作室遙遠的另一盞桌燈也在夜色中亮起。

偌大工作室只有坐在遙遠兩角的攝影師立賢與助手惠怡。

這是畢業自設計學系的惠怡第一份正職。

協助立賢整理三千多張照片；準備即將出版的攝影集及攝影展。

色彩強烈、千變萬化的照片，張揚的道出攝影師複雜、幾近辛辣的性格。然而，辦公室內的他，卻是沉默如雕像。

一個月過去。

兩個人都很詫異彼此間的默契。

是絕少交談的兩人。然而，她總能選中他也喜愛的照片。

他的含蓄照片修飾，也很能令她傾倒……

他是這麼忠於照片的真摯意境。

＊＊＊

立賢生日前兩天。

他早上爬上梯子去拿閣樓舊照片時，自梯子上掉下。

惠怡回到工作室才發現已不省人事的立賢……

他……當晚離世。

＊＊＊

眾人奇怪看似柔弱的她會這麼堅持，沒有薪金、一個人扛起整個攝影集及攝影展的繁重準備工作。

* * *

原是慶祝立賢生日那天，他的好朋友修志到訪。

修志默默將一大疊照片交給她。

立賢用底片相機拍的照片。

照片中：惠怡低頭工作的專注、惠怡皺起眉頭……不能作出選擇的不耐煩、照片甚至捕捉了她難得的笑容。

惠怡不能置信。

「是。這是你。」修志無法再遮掩他的悲痛。

「他所有的話題都是你……惠怡今天為甚麼看來這麼疲倦，是昨晚去了與朋友聚會嗎？惠怡今天低聲談了兩個私人電話，會是男朋友嗎？我不能想像一個三十多歲的人，竟會像少年般忐忑的去愛一個人。」

她低頭，無語。

＊＊＊

夜色下沉的腳步沒有因為立賢的離去而遲延。

在黑暗中的惠怡按亮了自己桌上的燈。

那一點燈光，在她瞳孔中亮起。

靜寂的辦公室。

她走到他桌前，按亮了他桌上，他曾經每晚亮起的燈。

「是我一直隨着你轉的眼睛透露了我的秘密嗎？」她臉上一個悽楚的笑容。

是等不到的回應。

她將臉埋在手內……淚水自指間流下。

「我愛你……我很愛你……原來……你也愛我。」

她沙啞的嗚咽：「我真幸福……我真幸福……」

＊＊＊

餘音……

週末在東京。

在惠比壽只有五張桌子的意大利菜小店 Massa。

店東兼廚師是頗具名氣的日本料理鐵人神戶勝彥。

去多了，他忘記我不是日本人，我也忘記自己是言語不通的外國人。

「孫恩立！你喜歡吃甚麼，告訴我，我煮給你吃。」很孩子臉的神戶先生。

他還將父親農場種的番茄送我嚐嚐，從沒有想到一顆番茄可以清甜美味至此。

每次飯後。

他總站在門口，恭敬道別。

然後……

一個清晨。

神戶先生爬上梯子取物。

在其他人尚未抵店的靜寂中掉下……離開。

一個月後。

悲慟的夫人。

一襲黑衣，與神戶先生的弟子重開這意大利小店。

舊客重臨。

夫人在黑衣內瘦弱的身體、深深鞠躬，感謝客人沒有忘記。

離去。是人生的不得已。

帶着無法挪走的悲痛。

然而，夫人用最好的方法，挽留了這離別。

守住他愛的店，不讓他的愛離開這世界。

人生總有生離死別的痛。

如果離開了的他，最愛的是你。也請你好好珍惜、守護自己。

做一個有笑容、快樂的你，好好讓他的愛、留住。

靠攏

承匡與秀雲因為教科書項目的合作，開始交往。

在一個疼愛子女家庭長大的承匡，不能相信竟有這麼怪的人。

秀雲。木無表情。拒人千里。

然而，她設計的插圖，溫暖、色彩燦爛，像展現另一個陌生，熱情的她。

＊＊＊

愛情，從來都是霸道加不講道理。

他不能控制的愛上她。

然而，與她傾談，她專心聆聽。卻可以全無回應。

倚近她，她像機械人般僵硬的低調抗拒。

她將他推離她的世界。

三個月後。他決定放棄。

人生很短。

＊＊＊

雖然用燭光晚餐來告別一段從沒有的開始，是有點浪費……

承匡望着秀雲，這個曾經如此真心愛着的對方，帶着甚至不能說出從此不再的悲哀……

在離開時，他忍着眼淚，毅然用力擁抱她。

就在這時候，他不可以相信，她畏羞的手在他身後漸漸靠攏。

她低聲說了一句對不起。

「我的世界從來沒有希望進入的人……」

她艱難的開口：「我害怕……但……請你不

要離開。」

她甚至無法有條理的說出自己。

第二天。

她一行又一行的短訊。斷續的打開一個被深藏的秀雲。

「我曾經很希望，你知道我在掛念你。由離開你的一刻到再見你那一刻。我曾經愛過不同的人，然而每一次都只會令我失望、自卑。我告訴我母親，不要離開我，我會聽她的話……她選擇了另一個家庭，另一個孩子。我父親，將我放在叔叔家內長大，很少來看我……不再在意我的存在。我第一個愛上的男生，可以若無其事的離開我。你會明白，我是多怕再被傷害嗎？我很努力，才能拒絕你。」

承匡也為她打開了自己。

「如果我告訴你，我不能保證我會永遠愛你。但我感謝你讓我可以愛上……被你的一舉一動牽動我的快樂、難受……我感謝你讓我明白想念一個人的酸、痛與甜。你會冒險一次去愛我嗎？」

她靜下來。沒有回音。

他沉默於她的退縮。

然後是她的回音：「我不知道沒有你的人生會是甚麼樣。然而，我知道這星期……沒有你的煎熬。擁抱你，會很難做得自然嗎？」

他看到她的回音。雙眼發紅。

他說：「不太難。但要多練習。」

沒有永恆。

然而，有這一刻。

心……

按摩技師定一在客人離去後，才留意到她忘記帶走桌上的一束繡球花。

等了一天，她仍沒有回來。

他想起客人曾提及她就在對面巷內的咖啡店工作。

他匆匆拿起花……踏進這所藏在一角的咖啡室，定一詫異，迎面是所有男女侍應驚訝地張大的口。

「客人忘記將花帶走……她說是在這店工作。」

定一有點不知所措……

只得將花放下，急忙離開。

＊＊＊

「A6780。是你故意把他引來這店？」像是組長的一位侍應，走向躲在角落，一直沒有露面的她。

問號中帶着不可置信的震驚。

A6780 以沉默回應。

「他是你的研究對象，你竟敢私下與他接觸？」

組長再也沉不住氣。「我們幾經辛苦才能偷到地球，研究地球人的心理狀況，決定共用能源的可能性。我們明天已準備離開了。這時萬一走漏風聲，我們全組人都可能會流落在這距家九十六億光年的地球！」

「他不是你研究『被背叛後的依戀指數』對象嗎？」

另一侍應插口：「我們一直在閱讀他的腦電波。」

＊＊＊

A6780 的記憶回到三個月初。

定一的腦電波誠實地道出他的情深，對背叛女友沒有改變的依戀……

百轉千回。

A6780 深被感動。

最後甘冒不能承受的風險去見定一。

他按摩時的手心熱度、也開啟了 A6780 無從放下的依戀。

「我原來計劃用花將他招來，清洗他腦電波，再將他帶離地球。」

A6780 的幾句話，像炸彈般將所有人震呆。

「那你又為甚麼讓他離開？」組長愕然。

「是因為 A3710 今早的研究結果。」

A3710 大惑不解。

他的研究對象是完全不同的另一個人。

這人想盡一切方法去追求自己的心儀對象。

為她家人置業安居、送弟妹到美國唸大學。

卑躬屈膝、傾盡一切。

最後賺得美人歸。

今早 A3710 還將結婚照片給大家看。

* * *

是一張令A6780神傷的照片。

「照片中。我見到一位只有機械式笑容，但卻無法流露情不自禁歡樂的新娘……這令我明白，用盡方法，是可以得到一個人。然而，卻不一定可以得到這個人的心……」

* * *

盤算、手段、犧牲、委曲……可能成功的得到他／她，然而，無形的心，卻從來都是無法捆綁。

相愛

精算師德偉離職，另有高就的餞別宴。

十時過後。

與德偉合作緊密的會計部主管綺文走到他身旁，「兒子明天一早上學，我要先回去……」她抱歉。

「我送你出去。」德偉站起來。

站在電梯前，兩人中間是凝住的沉默。

「你會記得我？」見電梯即將到，他終於忍不住。

綺文抬起頭，前面是他一圈圈在轉紅的眼睛。

「……」

她保持一貫的沉默。

電梯門打開，是已在眼前的道別。

她頓了一頓。

是離別帶來她無法再阻撓的勇敢吧！她終於開口：「我……愛你……不會忘記你……永遠不會。」她低頭，是幾近聽不到的細語。

他呆住。

電梯門一直開着，她無法不轉身離去。

在門將關上的一刻，他衝了進去。

她抬起已是流滿淚水的臉……

他再也忍不住。

緊緊擁抱着她的他，「我不捨得你……我不捨得。」他像小孩子般哭起來。

電梯開門。

他送她到大廈門口。

他拉住她的手，在不能再見面的痛楚中放不開自己。

開始有路過人的詫異目光。

「為我，好好保重自己。」她不得不拉開自己的手。

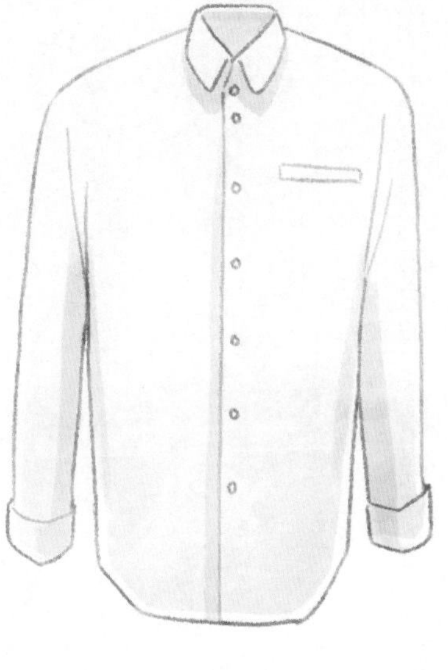

她消失在夜的黑暗裏。

＊＊＊

一年前。

兩人因工作關係一直緊密聯繫，都是成年人，不會不明白彼此眼角間藏不住的情意。

然而。

她已婚。

可愛的兒子，顧家的丈夫……

她謹慎的牢牢守住自己。

這天，早到在會議室中等候的他與她。

「你喜歡山本耀司的設計？」德偉留意到她總穿這外號「黑色詩人」設計師的低調白襯衫。

「是。很喜歡他的設計。」她想了很久，補上一句：「還有他與川久保玲（註：

一位日籍女設計師）歲月悠久的柏拉圖愛情。」

她大膽的眼直視他……她對他的告白。

他震憾於她直言的勇敢。

然後是令他痛楚，她那用愛包着的「不」。

＊＊＊

打開家門，迎面是示意她不要張聲的丈夫。

「弟弟睡了……我已與他做好所有的功課。」是一張期待被讚賞的臉。

「謝謝你。」她拍拍他肩膀，帶笑的道謝。

＊＊＊

綺文關上浴室的門。

這一刻。

與德偉。

無限淒涼湧上心頭，既是有緣，為甚麼只有相愛，沒有相聚……

既是無緣，又為甚麼要遇上……

她坐在冰冷浴室的地磚上，哭着不能張聲的痛……

＊＊＊

縱然是舉案齊眉

到底意難平

Prom

高中畢業舞會（Prom）內，志明是唯一被姊姊帶進場的人。

「你這一直跳班的神童，明年已高中畢業。可惜你心態仍在小學……讓姊姊的Prom令你高速成熟。」

姊姊笑笑溜開。

喧嘩舞會中，這個她出現了。

像在照片中被硬加上的不相干剪影……她坐在一角，欣然自得。

志明走過去，坐在她旁。

嘈雜舞會中的孤獨，因有她，帶來從容的安全感。

最後一曲。

「小弟，我們來跳舞。」

他牢牢握着她的手。

他的第一隻舞。

旋出新的人生一頁。

＊＊＊

大學第一年，志明挑了一科「寫作」去打發時間。
課室窗戶旁，他看到她挽起的長髮。
志明呆住。
他好好的克制住自己，走過去，坐在她旁。
她禮貌的笑笑打招呼。
去年的一舞，原來不曾在她記憶中。

＊＊＊

他成為她的好朋友。
她向他坦白一切。

她與男友冷戰時，他肩膀也盛滿她的眼淚。
他想告訴她，他愛她已到令自己生氣的地步……
可惜這是來不及開口的說話。
她突然懷孕、小產、與男友分手。
他鼓起勇氣：「還有我……」
她蒼白的笑笑、搖頭：「你是準備唸醫科的高材生。」
她拍拍他的頭，他仍是她的小弟：「我是爛蘋果，你找一個好女友，配得上你的……」
她沒有愛上他。

＊＊＊

在醫院實習的志明，見到病床上已久違的她。
身不由己地，他走過去撥開她的長髮。
志明看着她的臉……這從未能放下的愛。

病人袍褪到肩膀，他看到這幾個字：「還有我。CM。」

他跌坐在地上。

＊　＊　＊

她臨窗的病床，在早上，濺滿一床的陽光。

她的臉仍是一貫的蒼白。

「為甚麼不告訴我？」陽光在他身後形成一圈光環。

她聽懂了。

「我在畢業離開你後才發現。」她望着他，想念那人就在面前，卻不真實。

「為甚麼不回來找我……你從來都知道……我愛你。」

她眼投向窗外遠處。

「我寧願相信，你會一直說……還有我。我怕在現實中，這只是一場誤會……這唯一的希望……只是一場夢。」

他用手指揩去她的淚水。

「如果時間不曾挪走我……時間也已證實這不是一個誤會。」

他緊握住她的手。

Prom 那晚上的音樂在她記憶中揚起。

那些旋轉的流金歲月。

她低頭。

吻住了她手中的他。

相愛

這是我們起初的約定。
如果有一天，分手成為不可逃避的選擇時，讓我們挪走醜陋，留下祝福與愛情。
談的雖然是離別，然而，當年在深愛時的約定，卻是帶着依依的薔薇色彩……
不相信，是真的會有這一天。

＊＊＊

鏡子中，是我穿上你喜歡的 Prada 連身裙。
我再搖晃一下鑽石耳環的閃爍。
唇膏鮮艷的紅，燃燒着告別時刻的悲哀火燄。

＊＊＊

車駛向赤坂 ANA 酒店。

經過我們總愛在這裏牽手漫步的日本著名六本木。

店鋪的霓虹燈仍是俗氣的燦爛……

我讓淚水自由的滑落。

我們間，已盛滿無法再繼續的苦澀。

原來，當沒有愛的包容時，彼此的一舉一動，都可以成為不可理喻的錯。

更原來，為殞落的愛在努力的我，也讓愛加速地走向結束。

＊＊＊

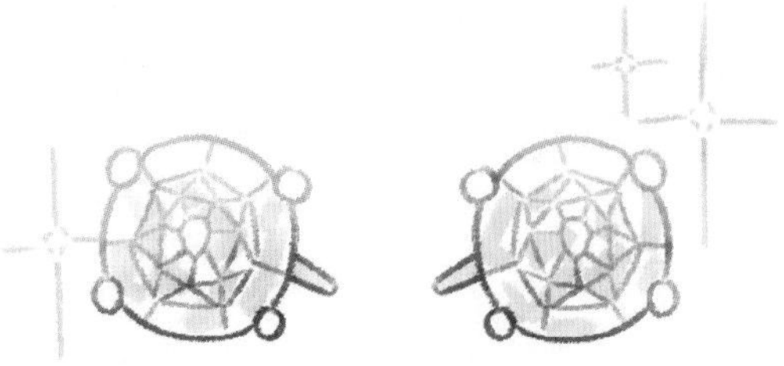

「我感謝你讓我們曾經有過這麼快樂的時光。」

你褐色深刻輪廓、英俊如昔。「我們性格上有很大的分歧，讓你遷就得很辛苦。但即使我們不再在一起……我愛你的心也不會改變。」

你眼中流露的痛苦，軟化了我的傷感。

你口中：你對我的愛，沒有改變。

我黯然。要一起欺騙自己，告別不是因為不再愛嗎？

＊＊＊

甜點 Tiramisu 送上來時，你仍很自然的為我撥開鋪在上面的巧克力粉。我曾討厭這帶苦的巧克力粉污染了奶油的甜。

我對你笑笑。

眼前的你，已因升上的淚水而模糊。

＊＊＊

走出餐廳的我，幾乎無法離開這次最後的相聚。
發現手機遺留在桌上，我忍不住高興有回轉到餐廳再見你一面的藉口。
在橫過馬路的這一刹那……
你與她、她與你、在我毫無準備下湧入我眼……
她溫柔的笑是這麼熟悉，這是我一直為愛着的你而散發的相同喜悅……
你邊走邊側身凝視着她的溫柔……
你緊緊牽着她手的專注……都是那麼相似。
那一直緊鎖着我的愛戀。

＊＊＊

你身旁的她，梨窩輕笑。
她演出了當日曾被你愛着的我。
她也帶走我那無可取代的幸福。
我站在馬路的對面，讓你們慢慢移走我的愛戀。

城市的喧嘩混在你倆飄走的笑意中。

＊＊＊

我愛着的你。
永遠鑄刻在我心上……
你？
你告訴我的愛呢？

分手成為選擇時
讓我們挪走醜陋
留下祝福與愛情

會笑

秀惠踏出日本機場，迎面向她揮手的偉達，嚇了她一大跳。

他腳上是人字膠拖鞋，還有不知是潮流還是破爛的穿洞短褲。

「你哥叫我來接你！」他笑嘻嘻的過來為她拿行李。

秀惠在香港的男友，連見面說清楚分手原因的勇氣也拿不出，只在 WhatsApp 中幽默的表示自己配不上她……

秀惠哥哥硬把妹妹推去日本逃離這失戀，然後是在成田機場與偉達的會面。

* * *

之後一星期，秀惠發現自己每天都會坐進偉達這部不知是灰還是黑的小車。

車內總放着音樂……

雖然車駛過陌生的日本街頭，然而偉達那份悠然自得、毫不介意秀惠不知道為甚麼在生氣的樣子……

慢慢地……解下她那繃緊的悲哀。

秀惠發覺偉達是一個沒有稜角的人。或正確一點，也不是令她覺得有色彩的人。

「你喜歡看甚麼書？」一直用冷面孔對偉達的秀惠，這天終於心有愧，開口搭訕。

「我不喜歡看書。」

回答後的偉達覺得對方神色好像有點不對勁，唯有急急改口：「不是，也看漫畫書。」

再看一下，好像更不對勁，情急之下，他說：「我也看心靈雞湯！」

秀惠終於忍不住笑了出來。

不知道為甚麼，她可以向他說出自己的痛……前男友這麼無愧的辜負。

「塞翁失馬算了？」他一字不提過去。對未來也持從容。

她不知道原來事情可以這樣解讀。

＊　＊　＊

他不是出色的導遊，基本上只是在東京隨意逛逛、吃吃。

原以為自己幾天後便會跑回香港去找前男友的秀惠，對漸漸的自在及鬆懈感到難以置信。

然後是在機場兩人笑一笑的道別。

＊　＊　＊

三個月後。秀惠重臨日本。

在偉達顛簸的小車內，她鼓起勇氣：「我想了很久，才明白……喜歡你不是因為你是甚麼人、甚麼條件；而是喜歡和你一起的感覺。」

他愕然。

她等了好一陣，尷尬的眼淚開始控制不住。

這次他知道怎樣回應了。

「一年前。我自你哥處看到你的照片，已喜歡你。」

他單手把車，另一隻手伸過來捉住了她的手。「如果一個人會讓你為他哭，這人已不值得你愛。愛你的人，是不會讓你流淚。」

他再想了一下。

「我愛你，你一直感覺不到嗎？」

喜歡你
不是因為你是甚麼人
甚麼條件
而是喜歡和你一起的感覺

牛郎

在牛郎店慶祝二十九歲生日，是惠儀好友的安排。

「為甚麼在這店工作？」惠儀眼前健碩的他、樣子普通得不像牛郎。

「家家有本難唸的經。」看來仲明是不打算說了。

兩人由店內金錢買來的會面到店外的相聚。

「你眼睛很漂亮。」惠儀看進他大而清澈的眼。

他身不由己……

她帶着客人不應該有的真摯；一步一步走進金錢交易外，他心底的禁區。

＊＊＊

「你……第一次。」在惠儀家床上的仲明，無法置信。

惠儀放在桌上那些紙幣，不是經驗多多的老手用來買另一次歡愉嗎？

為甚麼她……

她裝作若無其事的下床。

在浴室鏡子前，惠儀說出不會向他開口的話。

「我愛你……雖然我在一再嘲笑自己這麼傻。」

＊＊＊

在桃園機場。

「再見。」準備回加拿大的惠儀，勉強維持住笑容，向他道別。

他難過得無法回答。

兩人明白。是不再見面的分離。

她猶豫了一下，最後緊緊的擁住了他。

她帶着他的體溫，轉身離去。

＊＊＊

一星期前的一幕，在這一刻再次浮現。

在台中的一中商圈。

她遠遠已看到他，還有旁邊中年發胖的另一個她。

兩人親密的靠近、談笑風生。

她低頭苦笑。是他的另一位顧客吧！

她用理智、強迫自己去相信：她與他，只是金錢幻化的戀愛……他的牽手、擁抱，也只是另類的感情促銷。

＊＊＊

仲明看着她的離去。她走進海關的背影是這麼瘦削。

她送給他的手鐲，他至今從未脫下。

他轉一轉手鐲，記起那一天……

與母親在購物的他，很遠已見到惠儀。

然後是她無聲、急急的轉身離開。

仲明想走前，解釋這誤會。

然而。

她離去的急速與決絕，充份表達：她明白。他是在進行另一份感情交易。

仲明黯然。

她不可能相信，他對她的真意。

她背影已消失。

他低頭。

用手碰碰自己的嘴唇。

將她嘴唇溫柔的曾經，深印心底。

＊　＊　＊

飛機慢慢升空。

一個月前。

第一次去牛郎店……惠儀好友的話。

「不用擔心。你的乳癌只是初期。你在返加拿大治療前，有甚麼想做，我陪你。」

「你陪不了。我只想真摯的愛一次。」惠儀記得自己的回答。

飛機已穿越雲層。

天原來是這麼藍。

她也是……

真摯的愛了一次。

糊塗

在 Mini Cooper 迷你車店外，汽車業務員志偉無法不盡責的走出去，請專注在看車的她進店內，好好的看清楚這輛 Mini 三門掀背車。

「我買不起。只是很喜歡，看看而已！」帶着陽光浸透膚色的她，嫣然一笑。

志偉一頓。很少有這樣坦白的客人。

「我也很喜歡這車……」

一向業績至上的志偉，今天像被她的笑容暈了頭。

這是志偉與慧明的開始。

「在英國唸書時的男朋友，有一輛 Mini Cooper。」

慧明垂下的眼睫毛，讓志偉想像她曾經的黯然。「我會努力儲錢去買這車！」

她令志偉失笑。

很少見這種買不起、卻又堅決的客人。

＊＊＊

之後。

下午六時三十分，漸變成志偉坐立不安的時刻。

慧明下班後會經過。

她站在櫥窗外貪婪的看着車的模樣，令他心動不已。

這天志偉離遠已見到她走近。

他正準備走出去之際，慧明旁邊那位同樣帶着陽光感的男生，將志偉硬生生的拉住。

「這是我英國同學。他以前也有一輛 Mini Cooper。」慧明滿臉笑容。

志偉呆住。

他記得慧明曾說過在英國唸書時的男朋友，有一輛 Mini Cooper。

以後的六時三十分變成志偉進退兩難的情怯，他總找個理由躲開。

＊＊＊

已一個月沒有見到她了。

這天下班。

在走向捷運的路上，她笑嘻嘻的由後面追上他。

「你仍每天去看車嗎？儲錢進度如何？」志偉覺得自己心跳加速，只得東拉西扯來掩飾自己的窘態。

「看不到你！」她向他扮個鬼臉。

「你男朋友不是回來了嗎？」連志偉也為自己語氣中的酸意難為情。

她一怔。

總算明白了見不到他在店內的原因。

「我沒有駕駛執照、也不懂車……你認為我為甚麼每天去看車？」

她覺得也是到告白的時候了。

他眼睛一亮，無法置信。

「前男友結婚蜜月、路過這兒。我請教他：我在櫥窗外看了這店員這麼久，他還是不明白，怎麼辦？我前男友說：放心追求吧！只有與你一樣浸在愛海中的人，才會這樣不清醒。」她勇敢直言。

志偉，也只得坦白：「我喜歡了你這麼久，你仍站在櫥窗外，這證明……原來愛情真可以令人這麼糊塗。」

他……大膽的拖住她的手。

＊＊＊

只因為我愛你
才讓我變得
糊塗……

將來

秋涼凝在這冷寂的巷子中。

在英國唸研究院已近一年。

頌恩在英國同學客氣的笑容背後、低調地承受着異鄉的落寞。

前方傳來腳步聲，然後是不可置信的他，投在地上熟悉的身影。

「終於……找到你。」是志偉的聲音。

她的眼淚不知道為甚麼會這樣不爭氣的升起。

幾近陌生人的他與她，這眼淚帶出難再遮掩的幾許情。

＊＊＊

大學內。

他是短跑選手。她是划艇選手。

培訓是體能的終極衝刺。
而筋疲力倦的兩人……
只能在每天清晨的遇見中，詞不達意的感受彼此。

＊＊＊

這是他打破短跑紀錄的一天。
過去練習的痛苦，在這一刻傾力回報。
這也是她第一次見到狂喜至酩酊大醉的他。
然後，是一段段他被捧的文章、四方八面飛來的嬌媚。
她見到飛上雲端的他……手搭上另一個她的肩膀……
一直是運動健將的頌恩，不相信自己竟可以如此無助……

＊＊＊

是意氣也是無可奈何的一步。
她赴英國。
在長期沒有陽光的陰暗天氣中、理所當然的低沉。
她心底那洞一直懸空。
曾經以為是刻在彼此心上的愛戀；原來只不過是比單戀更尷尬的誤會……

＊＊＊

「帶盒月餅給你。」他在背包拿出她喜歡的白蓮蓉蛋黃月餅。
她啼笑皆非。
十幾小時飛機行程與一盒月餅，多不合襯。
「你離開後。我才發現……」他停下來，不知道如何繼續。
她抬起頭。
幾許溫柔……心動的鼓勵。
他繼續。

「原來每天早上都期待在更衣室外遇見你，向你說早晨……」

她凝視着前面既熟悉又陌生的他。

「可不可以相信我一直愛你？即使不一定有你可以明白的理由。」他繼續。

他們中間沒有暖意的陽光。她解釋不到心頭的熱是從何而來。

「從頭開始會是太難嗎？」她問道。

「如果你可以明白過去、新的開始可以是一個更完美的延續。」

他的笑容仍是滲入傻氣。「我們可以再開始嗎？」

「由最圓的月亮這一天開始。」她

低下頭。

他上前拉着她的手。

「原諒我不曾懂得開口的心意……讓我們可以有將來。」

她的溫暖笑容，與這涼風是如此格格不入。

然而。又這麼從容的掌握了人生的下一步……

可不可以相信我愛你
即使沒有你明白的理由
MOS

終點

四年前，大學開學的第一天。

與前面這位男生聊天到幾近不捨的慧怡，驚覺除了他慧黠雙眼的吸引外，志輝的幽默、笑容與善解人意，更帶着令人輕易陷入的魅力。

但更想不到，這一天亦是四年愛情糾結的開始。

志輝的優點亦是他的缺點。

他令人感到心動的誘惑，也在不自覺間，令對方輕易地愛上他。

然而……被愛上的志輝，不幸地是幾近來者不拒。

走在校園的慧怡，會不時碰上志輝。

她的眼光總不能自己的停留在志輝身旁的她。

啊！這位嬌小玲瓏的、笑容由燦爛轉至無奈……

她只在志輝身旁停留了三個月……

然後位置懸空不多久，又有另一位短髮飛揚的她施施然登場。

每一次。

慧怡的心總是隱隱作痛。

展開着坦然笑容的志輝，居然玩着這麼不相襯的感情雜技。

大學最後一年。慧怡與志輝，偶然地被安排在同一小組。

「上演*Aida*。這不是你最喜歡的歌劇嗎？要不要一起看。」與慧怡頗有喜相逢感覺的志輝首次開口。

「這星期都有安排了。下次罷！」慧怡盡量婉轉的說不。

「演出是下星期四。」

「下星期也有安排了。」

「是不會有『沒有』安排的日子嗎？」志輝開始生氣。

「是。」看來她也不能再婉轉了。

「我……很令你討厭。」他也不明白自己為甚麼會衝口而出。

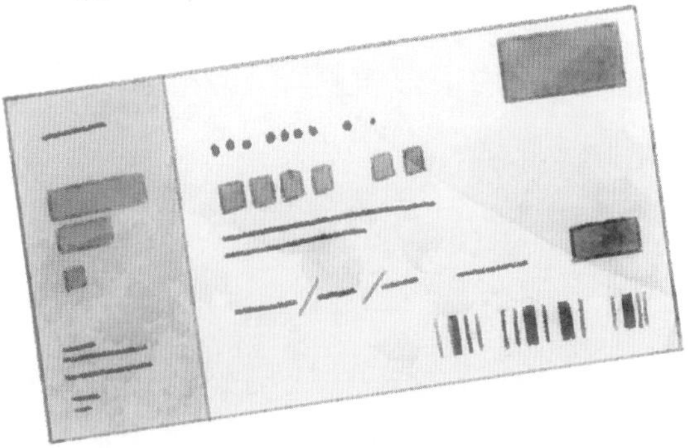

「不！你只是太喜歡談戀愛，卻不願意將戀愛進化入可以長久的感情。」慧怡一刀見血。

他停下來。「我也是無奈地始終無法遇到可以停下來、與她進化入感情的人。」

她沉默。

志輝是那種無意吃蘋果，卻每個咬一口、令人感到遺憾的人。

然後，是志輝想不到的改變。

身邊再沒有車輪般轉的她，他開始獨來獨往。

半年後。

「《歌劇魅影》，你去不去？」這天，離遠見到志輝的慧怡，急急跑過去。

他定定的望着她。

久違了……

「這星期已有安排了。」他學她當日的語氣。

「是不會有『沒有』安排的日子嗎？」她再學他。

志輝望着她，百感交集。

終於愛上了慧怡，她卻是一個說「不」的人。

「沒有……每一天都被你填滿了。」
她也百感交集。
近四年後的終於遇上。
她趨前。
「答應我，我不是過客。」
「你是……我的……終點。」

懦弱

「這不是志偉？他在美國又拿到獎項了！」丈夫信和自電腦前抬起頭。「想不到以前這麼靜寂、害羞的同學，今天會在研究上有這種成就。」

鳳儀收拾碗筷的手停了一下。

當年……

在機場送別志偉時，他緊拉着她的手。那難捨的痛，仍攀過時日、一直麻在手上、掛在心內。

「等我。我的一切努力都是因為你。」

他頻密的短訊夾在課餘、兼職侍應的疲累時隙間。

其他的異地情侶，可以在不時重聚的欣然中孕育愛情。

但志偉，研究與打工已淹沒了他。

＊＊＊

信和是同學及同事。

他的貼身攻勢、上軌道的事業，輕易把鳳儀帶入婚禮。

她不知道如何對志偉說出兩人感情不再。

最後只得送出一連串的對不起、還有一張婚禮請柬。

不是不知道這會如何傷人，但已沒有其他選擇。

＊＊＊

婚禮前一天。

志偉出現。

他的瘦、憔悴令她心痛不已；還有滿是紅筋的眼。

這次，是她緊握他手。

想不到自己竟然不知道愛他有多深……

原來時空沒有模糊了愛情，只是藏到了自己也無法感到的深處。

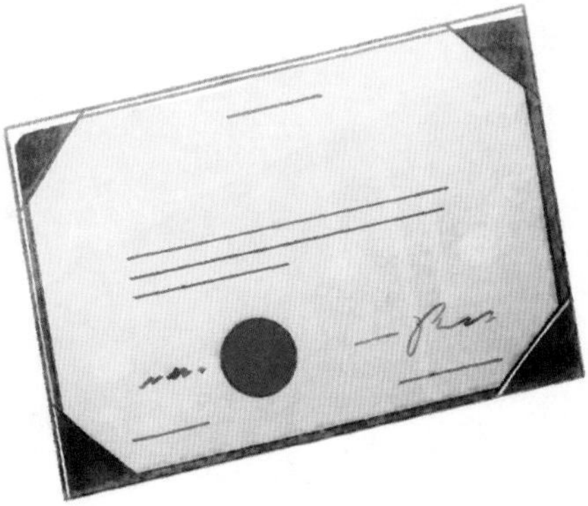

「取消婚禮，跟我去美國。我的博士學位只等口試，也已有工作聘書。我不會讓你受苦。」

「我愛你。很愛你。但我已再等不下去。我也不知道……自己是否可以和你一起去美國捱苦日子。」她腳釘在地下無法移動，身體也沒有闖出溫暖窩的勇氣。

婚禮如期舉行，志偉沒有再出現。

＊＊＊

走進房間的鳳儀，打開手機。

一行又一行都是志偉的短訊。

他在工作上的掙扎、拿到巨額研究經費的狂喜；然後是一串的等我、等我、你離婚、我要娶你。

每一段短訊她都細看。

沒有回覆。

然而短訊旁「已讀」二字，已讓志偉感到她輕靠近的臉、還有那溫柔的一聲

「嗯……」

最後的短訊，是志偉得到獎項的通知。

她想了又想，寫下這回覆：

「和你相遇、相愛，令我知道愛可以有多期待、也有多痛。可惜我是普通不過的人，我沒有走出溫暖窩去面對挑戰的勇氣。原諒對你的愛，竟摻雜着如許懦弱……然而此心悠悠，我愛你，此志不渝。」

她封鎖了志偉。

也鎖上對他的愛。

此愛……

藏入心內。

此志不渝。

酒瓶

在東京車站出發的北陸新幹線，在距葡萄園不遠的車站停下。

一月前，一篇介紹日本酒莊的文章。

黛安見到了這張照片：滿是鋪雪的葡萄園內，是一枝枝被剪得光禿的葡萄樹枝。

在樹枝與雪間，是穿着黑色大衣的他——葡萄園十八世紀主人。

文章右下角有一張他的黑白照片。

清秀至極的他，帶着沉思的鬱結，令黛安呆住。

明明是一個陌生人，她不知道為甚麼竟可以想像到他說話的樣子；甚至他笑笑才開口的習慣。

是這照片，將黛安帶進葡萄園。

在葡萄園入口旁，有一個小小展覽館；介紹多年前、二十歲的葡萄園首任主人，如何由外國引入樹苗，開始酒莊艱辛的第一步。

在館一角，放着當年第一批生產的酒。

黛安見到這名為「雪越」的酒……

酒瓶上，陳舊的招紙仍清晰的看到一枝枝在雪地上頑強地站立的葡萄樹枝。

黛安驚訝……

這是不能再熟悉的景象，黛安從小在家牆壁上，便看到這來自曾曾外祖母的同一幅畫。

她慢慢走近。終於明白在千里外，被牽引到這地的原因。

當年赴日本經商的曾曾外祖父母，帶同家人，包括十九歲喜歡繪畫的女兒赴日工作。

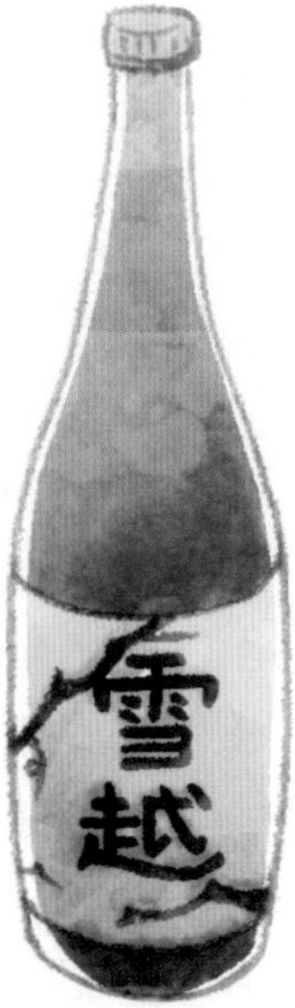

那年冬天，所有家人在一座葡萄園住了一個月，與一日本人家族商量合作生產葡萄酒的可能性。

豈料戰爭突然開始，只得匆匆返國。

＊＊＊

黛安離開日本後，將掛在家中的畫拍照，傳給葡萄園的現任主人。

「這可能是第一批酒瓶上的招紙原稿。」她附上自己的卡片。

兩星期後。

黛安見到來自日本的佐藤介信。

「這是當年你曾曾外祖母與我曾曾祖父的信件。」

與文章黑白照片相似的新葡萄園主人拿出發黃的信。

因戰爭阻隔的葡萄園主人，用了愛人的一幅寫真畫，作為第一瓶酒的招紙。

「謝謝你送我們這麼有價值的照片。」

他笑笑，說不出的深情，穿越時空。

是生生不息的愛戀吧，將兩個靈魂輪迴隔世，重聚陽間。

招紙上，雪地上的樹枝孤傲的點綴着嚴冬。

當年的葡萄園主人，無視日月穿梭，用辛苦釀成的酒，珍藏了穿越時空的愛慕……

真心

這是一男兩女的組合。

矚目的男、女生是籃球校隊的德永與班長秀美，還有秀美好友惠勤。

沒有越過同學界線的三人，在一個音樂會之夜，被命運之神開始作弄。

德永望着台上拉小提琴的惠勤，她微皺眉的愁意，帶婉約懇求的琴聲，在這一刻，柔軟了他的心。

為了知道惠勤對自己心意的德永，用了一個間接的方法去尋找答案。

他頻與秀美談話、不經意的視線一次又一次掃過秀美，他希望看到惠勤的反應……

這真是矛盾的一刻。

德永既希望惠勤因妒忌而生氣，但更希望她沒有生氣，而是將這妒忌變成主動親近德永的一步。

德永想不到還有另一種結果。

惠勤無動於衷。

相對地，被撩到的秀美……帶點驚喜的回應加默許。

這真是無法演下去的誤會，德永不得不急急退下。

＊＊＊

進入大學後的第一次中學同學聚會。

三人又很自然的坐在一起。

「介紹。這是我男友。」秀美將旁邊的一個男生拉近，其餘兩人才留意到這陌生面孔。

秀美笑嘻嘻的與來接她的男朋友另有去處。

惠勤立即反應是望向德永。

德永感到惠勤眼中傳來的……

「我與秀美，從來都只是好朋友。」

惠勤為他感到難過的眼光，引出德永這沒頭沒腦的一句。

她詫異。

時光急速倒流。

當年，德永凝視秀美，令惠勤難堪的痛，仍歷歷在目。

「當時。我只想看到你妒忌。」德永忽然大膽起來。

惠勤第一反應是躲開這話背後的意思。

過了好一陣。

「你與秀美都是這麼出眾、匹配……我甚至覺得沒有妒忌的資格……」

德勤仍被纏在當年那膽怯的情結。

「如果你所說的匹配，只是將我與秀美的外在條件放在天秤上平衡的話，那……未免是太藐視感情了。」德永忍不住尖銳。

然而，德永酸氣的尖銳，也成為了他的告白。

惠勤只覺一陣暖意由心升起。

她忍不住說：「當時……愛上了一位男生……然而，他旁邊還有一個比我出色的她……我苦苦拉住自己……」

他也忍不住：「當時……愛上了一位女生……傻得不敢告訴她……」

愛另一個人，讓他、她知道。

留住……真心的不易……

愛上

德怡。社會工作者。

這被丈夫動粗的妻子，即使是面對德怡這麼熱心的社工，仍繼續選擇逆來順受。

在帶着不會有結果的失望離開時，德怡碰到這家庭的兒子。

偉成踏進家門，一角是那不忍看的可憐母親。

然後是見到偉成，略感意外的德怡。

＊＊＊

偉成躺在床上。

黑暗中，德怡那黑白分明的眼睛，微揚起眉毛的困惑表情，打入他疲倦不堪的身體，霸道的戀戀不去。

「人家是專業人士，我只是一名貨車司機。」

偉成聽到自己的低喃……是嘲諷那管不住的心吧！

＊＊＊

在德怡固定家訪時間，偉成不能控制的一再遇上。

德怡溫柔的暖笑、點頭理解的鼓勵、沉澱了偉成長年累月的孤單。

這天德怡離開後，站在窗旁目送她走遠的偉成，忽然緊緊握住窗欄，德怡與一個高大的他，手牽手……

沒有人會察覺偉成這卑微地破碎的心。

他？也只能是，麻木的度過每一日的沉寂。

＊＊＊

這天偉成的貨車停在路邊。

不可置信的視線停在這一雙摟抱着的男、女。

這男生，是曾經刺痛偉成的那人——與德怡手牽手的那個他，及另一位陌生的她。

偉成呆在路旁。

過了好一陣，再也忍不住內心翻騰的偉成，發狂的奔向前。

兩對詫異的目光投向他，偉成強迫自己冷靜，然後他聽到自己語無倫次的聲音。

「你女朋友……這麼好……你為甚麼要傷害她？」

在那禁不住憤怒的女生連聲追問中，偉成哽咽的補上一句：「他已有女朋友。這男人……配不上他的女朋友。」

在轉身走了幾步後，偉成再也無法控制自己。

他回轉向這人，將內心所有的不捨，化為向這男生打出的一拳。

＊＊＊

這天偉成在週末中午回家。選這時間是知道德怡不會在這時段出現。

他為她的心疼，已令他無法再面對她。

踏進家內，德怡與母親對話的聲音竟突然出現：「我男朋友催我結婚，我只好遷就他一下。」

她的笑容仍是那麼溫柔。偉成遠遠的朝她點點頭。

她們的對話、笑聲；彷彿地、細碎地飄過。

偉成在不遠的角落徘徊。

原來。沒有。

也不能，停止愛她。

「我……怎麼辦……」

他無助的低下頭。

這沒有被愛上的……

愛上……

相牽

溫寶怡，突然甦醒的長期昏迷高齡病人，震動整間醫院。

「寶怡……你聽得到我們的說話嗎？」

床邊聲音，模糊的傳來。

「都不知道怎樣去通知她的家人……這兩年只有她一個堂妹來看過她一次。」

聲音雖小，但像利針般一下刺在寶怡心上。

丈夫德華已忘記了自己嗎？寶怡心向下沉，眼角淚水靜靜流下。

我要去問他為甚麼不來看我？寶怡想努力坐起來，去與德華當面對質。

奇蹟就在這刻出現。

寶怡突然覺得她整個人乘風飄起……

周圍景物急轉……然後她進入這小單位。

是再也熟悉不過的佈置，這是她與德華住了三十年的家。陳舊，但清潔、井井有條。

打開了所有的房門，寶怡呆住了。

這是一個只剩下幾件傢俬的空置單位！家裏的東西全都不見了，更重要的是，她找不到德華……

寶怡手足無措的在桌旁坐下。無法可施，她終於掩面痛哭起來。

滴在桌上的淚水，讓她看清楚桌上一角被刀刻上的幾個字。

「牽手同行，走到盡頭。」結婚多年才儲到錢買下這小單位，在第一天搬進來時，德華老套的在桌上刻了這幾個字。

心痛新桌子被弄花，寶怡還罵了德華幾句。

沒有子女，相依為命的兩人，愈來愈感動於這兩句話帶來的承諾。

＊＊＊

寶怡忍不住湊近桌上，用手輕摸這已漸模糊的刻字。

就在這時，寶怡看到在字旁這幾個較淺的新刻字。

「我做到了。等你。」

即使是刻字，寶怡也一眼認得是丈夫的字，帶點稚氣的筆觸。

字在桌上，人呢？寶怡急得團團轉。

就在此時，腳一軟……寶怡感到自己跌落在床上，那虛弱的肉體，又再被套上。

「她丈夫離世前，幾乎天天都來看她……為她細心梳頭的樣子，真令人感動。」

又再有人在她身邊說話。

寶怡終於明白了桌上新刻字的意思。

牽手同行，走到盡頭。

德華在人生的盡頭時，肯定了自己的承諾。

四周的城市雜聲仍擾攘如常，寶怡嘴角微升起，飛濺出喜悅。

自己與德華，兩個平凡的人。只因上天的眷顧，帶着金錢買不到的幸福，真心相許……

兩手相牽，由開始……至……盡頭。

聖誕

秀慧與這不知道名字的他，有一個尷尬的開始。

在西班牙巴塞隆拿 Catalunya 廣場旁邊的小餐館，兩張緊靠的桌子，這麼巧合坐了兩對說中文的人。

秀慧男友令人難堪的謾罵聲，不能避免的傳到另一桌上的他與她。

秀慧帶歉意的眼光碰到另一雙男生的眼。

這才留意到他女友這麼巧合的罵聲……

一向委曲求全的秀慧，終於去到忍受的邊界：「對不起。我不能阻止你罵人，但我可以阻止自己被人罵。」

她站起來，離開了餐館，也離開了一年多與男友的關係。

走在歐洲典雅而陌生的街頭上，秀慧這才佩服自己的勇氣。

還好。已是行程最後一天，明天坐巴士去機場……

人生總有計算不到，但無可奈何要走到這一步的時刻。

與男友的甜蜜期只有半年，然後到做甚麼也被罵的困局。
秀慧已拿不出一個可以滿足男友要求，一個更好的自己……
街頭上的聖誕燈飾、擠滿人的行人道、喜氣洋洋。
不知道為甚麼，在這變成一人的旅途中，秀慧想起了這一幕。
《亂世佳人》電影中最後的一句：「Tomorrow is another day. 明天，又是另一日。」

＊＊＊

想起晚餐原來未吃完，秀慧走進了麥當勞。她笑笑，一個人也可以吃得香甜而落泊。
然後在另一張緊靠的桌子上，秀慧見到這張不久前見過的臉。
在與男友分手的小餐館……一直被女友埋怨的這人。
他點點頭：「被你的勇氣鼓勵，我也出走了……更正。我比你被動一些。」他扮了個鬼臉，「女友通知我，我被淘汰了。」

秀慧意外，想了想，她說：「是你不夠好。我也做不到更好。」

對方也點點頭，再也不能更明白的身歷其境。

走出麥當勞，他很自然的走在秀慧旁。

雖然，一個加一個孤單，拼不出一個完整，但挫走了孤單後的失落。

「我明天回台北。」原來這開始，也是旅程的結束。

「我明天回台中。」他意外，兩人來自地球同一角。

「Tomorrow is another day. 明天，又是另一日。」她說出這麼沒頭沒腦的一句話。

他聽懂了，點點頭。

只是難受至極的失戀而已。終於會成為過去。

然而……這路是這麼漂亮。

他笑笑。「Tomorrow is another day. 聖誕快樂！」

只是難受至極的失戀而已
終於會成為過去

心意

二○一二年夏天。

明天起程赴英國唸預科的志德，仍按習慣在晚餐前練習小提琴。已經要出發了，不必太認真……他隨手拉起一年前剛流行的歌《那些年》。

練習後，志德走出房間，見到一張蒼白、悲慟而倔強的臉。是一份命運可以不公平、但不能令我屈服的冷傲。

秀惠告訴志德父親，瞞着她父親來見他，是希望付款可以再延期，家中生意剛被騙了好一大筆……

一貫寬容的志德父親不單答應，還好言相勸。

在秀惠離開之際，志德忽然覺得被那張勇於面對現實的臉感動了，他走上前，將母親送他生日的金幣塞進她手中。

志德還是個學生，這已是他身邊最貴重的……

剛進大學的秀惠望着手中這金幣，一時不知所措。

志德稚氣的將她手合攏，跑了開去。

＊＊＊

在英國完成兩年預科的志德，進入倫敦大學瑪麗女王學院醫科課程。

五年大學順利完成。

但最後一個關鍵考試前夕，志德竟因盲腸炎入院。

只是小手術，但出院後的志德卻不得不頹喪的看着其他同學開始實習，自己卻要等另一次考試。

＊＊＊

聖誕假期，志德陪父母參加商會舉辦的郵輪假期，船停在西班牙的巴塞隆拿。

夕陽漸下，天際一片紅艷……

志德忍不住傻氣的拿了小提琴，將這一年的委屈在琴聲中拉出來，是那首《那些年》。

一個人影在他面前停下。

一曲彈完，志德有點不好意思的望着前面仍沒有離開的人。

「你是志德。」這個她笑意盈盈。「我找了你很久。」

志德意外。她在找自己？

「想打賞你的演奏。可惜沒有零錢。」她走前一步，打開錢包，小心翼翼的拿出一個金幣。

秀惠眼眶發熱，她打開了志德的手，將金幣放在他手心，再慢慢將他的手合起來。

「這金幣，加上你的心意，陪我走過那以為是挺不過的日子……謝謝你。」

志德在夕陽下，展開了不合襯的燦爛笑容。

幸好這傻氣的演出，讓她找到自己。

仍是當年那張令他心動的臉。

「我夠大了。」那送她金幣的男孩忽然勇敢。

這想不到的遇上，她忍不住擰了他的面孔：「可以申請做我男友了。」

為你

站在滿臉怒氣老師前，莎華雙腳開始發抖。

「是我。我參考了她的報告……」站在旁邊的同學德輝，意外的以謊言維護了莎華。

「你為甚麼要這樣做？」莎華在走廊攔住了課室鄰座的德輝。「你知道是我抄了你的報告。」

德輝雙眼停在她臉上。

他一言不發走開。

他那單眼皮眼睛，慢慢自她臉移開時透着的一絲落寞，在冬風中揪緊了她的心。

她甚至沒有向他致歉的膽量。

＊＊＊

中學畢業，德輝赴英國倫敦大學帝國學院攻讀數學。

在同一所大學瑪麗女王學院攻讀法律的莎華，幾次特意去到他上課學院附近……

然而這渺茫的遇上始終沒有發生。

這天是莎華順父母意、離開英國、溜回國過短暫年假的第一天。

＊＊＊

早上起床。她如常的打開手機看德輝的 WhatsApp。

從未有勇氣給他發短訊的莎華，心意只能掛在他甚麼時候看過 WhatsApp？

清晨。

莎華踏進這所已三年沒有回來的中學母校。

靜寂的校舍。同學都放假了。

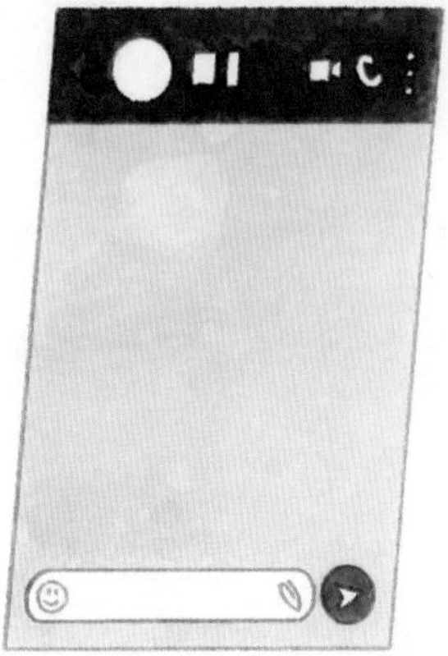

莎華漸感難過。

當年……在學校門口見到德輝時，為甚麼沒有上前向他道謝的勇氣？

當年……德輝在看手機……自己明明已寫好的感謝短訊，為甚麼沒有按下發出的一下？

走過與德輝一起上課的課室……

他總在下午上課前偷睡的傻氣面孔再一次浮起……

嘴邊還帶着唾液。

她舉起手機，拍下他臨窗坐的那位置。

一轉身……

「一直到你拍我曾坐的位置，才相信你在找我。」眼前的德輝，不可置信的出現。

「你為甚麼知道我今天會在這裏？」莎華詫異。

「你在臉書問有沒有人今天會與你一起回校。我見到沒有人反應你，也不好意思與眾不同了。」他帶點狡猾的笑容。

「你一直看我的臉書？」她詫異。

「還有，一直喜歡你。」他終於鼓起勇氣。

她低頭莞爾。

面前這人，也是她當年至今、長留心底的牽掛……

「我很慚愧當時沒有向你認錯的勇氣。」她囁嚅。

他無言：這傻瓜，甚麼時候才會明白他。

猶豫了好一陣子，他拉了她進懷。

「你這傻瓜。愛你才會這樣做，為甚麼這麼簡單的道理也不懂？」

她笑了。

他的單眼皮的小眼睛還是那麼可愛……

相遇

在日本札幌長大的華人珍美，只是十二歲，已橫掃北海道的大小滑雪獎狀。

第一次見到男子組的冠軍靖平，珍美呆了好一陣。

不是因為他竟然同是華人；而是他的矛盾組合——開朗、隨和的笑容，流露在如斯秀氣的臉上。

在滑雪坡道第一次見到靖平，珍美竟筆直的滑了過去，不可思議的撞上了他。

靖平的自然反應是急急扶住了珍美。

然後她聽到他低低的問：「你有甚麼不舒服嗎？」

靖平當然認得這小小滑雪皇后……

「沒有……沒有。」珍美尷尬得不懂說話。

＊　＊　＊

十二至二十一歲，對珍美而言是這麼難捱的等待。

她看遍靖平比賽所有的報道；然而，每次兩人的再見面，都是中間隔着教練、父母。

不是不試過四目交投，她甚至已邁開走向他的腳步，可惜仍是遲了一步，他被其他事引開。

這天珍美聽到教練提起會在二世古雪區與靖平的教練會面。

她從未試過如此厚臉皮，一直找理由黏着教練，最後成功跟到這北海道降雪量第一的雪區；緊隨教練的珍美，一轉身……

她竟又不可思議的被不知甚麼絆倒；再一次撞上他……

九年前，同樣地撞入靖平懷裏的珍美，這次連話也說不出。

「你有甚麼不舒服嗎？」靖平的聲音轉低沉了。溫柔依舊……

珍美抬頭。

她忍不住漾出笑容；感謝上天的安排，讓兩人有緣再見。

珍美還未開口說話，她後面傳來一把嬌嗲的女聲：「找了你很久！」

珍美看着靖平……

在她身旁走過，迎向後面的聲音。

* * *

隔了好一陣。

珍美才能慢慢站起來。

她悄悄抹去眼角尚未滴下的淚水。

珍美低頭。

仍是應該感謝上天讓兩人可以再見吧！

* * *

誠然……人生難得如意。

他是她的愛……

即使是……只有從未開始的錯過……

肺炎

二〇四二年。

二十二年前。

佩怡的丈夫文浩在春節前，忽忽由公司被派駐的武漢趕回家過年。

有兩個多星期可以整天抱緊那新生兒子，難怪文浩一進門已歡喜得大聲叫妻子的名字：「佩怡：我買了你喜歡那戒指！」

但，快樂日子原來這麼難留；文浩兩日後開始發燒。

赴醫院看病，被診斷患上新型冠狀病毒，旋即被隔離。

在家徬徨不堪的佩怡被安排赴醫院檢疫……

一個月後，文浩出院。

之後一星期，在家學習照顧兒子的文浩收到醫院打來的電話；佩怡沒有捱過去。

文浩跌坐在地。

懷中的兒子受驚哭起來。

文浩哭不成聲：「我們怎樣捱下去……」

原以為自己無法做得到，但當別無選擇時，也只得咬牙捱過了。

＊＊＊

二十二歲的卓偉大學畢業。

父親文浩坐在禮堂內，望着穿黑色畢業袍的兒子與同學列隊進入，他無限感慨。

旁邊有人坐下。

「你來看誰畢業？」這年輕女士有禮貌的問。

「我兒子。」文浩遲疑了一下：「卓偉唸法律……他從小就喜歡辯論。」

她溫文的笑笑：「像你吧！」

文浩想了一想：「是。不像他媽媽那麼忍讓，總讓我吵個不休。」

她望向他：「卓偉還記得他媽媽嗎？」

他低頭，眼漸轉紅：「男生都是較粗心，每年都要我提醒，才記得他媽媽的生日。」

旁邊的女士靜下來，專心看畢業禮。

音樂奏起，兒子開心的與同學步出禮堂。

經過父親的座位，他頑皮的向父親眨眨眼。

旁邊的女士忽然伸出手，將一件物品放入卓偉手中。

卓偉呆了一下……後面的同學推他繼續前進……

女士望住文浩，無限依依：「總擔心你捱不住……你辛苦了……」

文浩終於忍不住眼淚：「兒子樣子太像你……是知道要走，才留下他給我嗎？」

她溫柔依舊：「要是早知道，就怎也不捨得走……如何可以做到離開你。」

文浩突然升起希望：「不要走……和我們一起回家。」

「你還是這麼孩子氣。」她望進文浩雙眼，他鬢邊已有白髮了。

她轉身，消失在轉角。

卓偉帶點詫異的進來：「爸，是你朋友嗎？為甚麼送我這戒指。」

文浩拿起戒指，是二十二年前在武漢帶回那戒指。

「是一個愛你、無法放下你的人……」文浩說不下去……

（一個虛擬故事）

情人

當年。

男友變成好友、頹喪的欣怡，在家旁的便利店遇到學長霆軒。

走出店門，欣怡看到站在路旁的霆軒。

「一起去吃飯好不好？」欣怡詫異霆軒輕描淡寫的邀請。

「我穿這樣的衣服？」欣怡猶豫。

「走吧！」霆軒不以為然的笑一笑，示意她開步。

這二月十四日情人節的晚餐，讓欣怡成為霆軒空窗期的偶然。

第二年的情人節。

「你有沒有空吃晚飯？」欣怡意外地收到已很少聯繫的霆軒短訊。

這校內羽毛球隊隊長、傳理學系明星；在二月十四日邀請吃飯，沒道理。

他女友們都沒有空嗎？怎可能？

欣怡明明見過在霆軒身旁不停轉出的女生。

「太難選了！」他回了一串哈哈笑。「出來吧！很久沒見了！」

奇怪的是，並非情人的兩人，於每年的情人節共聚。

＊＊＊

霆軒畢業不久，已憑令人無法轉睛的顏值，輕易打入電視圈。

然後，他新聞不斷。

遲到充大牌、新舊女友狹路相逢……

這期間，欣怡憑平易的性格，低調地由監製跑腿升上助理監製。

＊＊＊

二〇二〇年。二月十四日。

欣怡至下午仍未收到霆軒每年一度的邀請。

「今晚上去哪裏吃飯？」她終於忍不住打電話給霆軒。

「不知道。」霆軒在發脾氣。

欣怡笑笑，這人仍幼稚的希望被寵。「老地方好不好？」

＊＊＊

餐廳內的霆軒仍吸引不少注目。

只有細心的欣怡留意到他英俊面孔下的一絲惆悵。

半瓶紅酒後，霆軒和盤托出：主播的位置開始動搖、昨天才與上司吵架、房貸壓力……

欣怡靜靜在聽，霆軒說着、說着，這些都漸變成並非絕路的放鬆……

他才明白：這一直可有可無地作後備的女生，原來在自己心中，竟有如斯地位。

霆軒望向她背後的遠處，過去每年留下一起度過的二月十四日，原來並非偶然。是早已愛上了她吧！

竟發覺得這麼遲！

今天，她已貴為監製旁的紅人，他低下頭，繼續喝酒。

欣怡慢慢將他酒杯拉住。

「如果今年不告訴我，明年情人節是否仍與我一起度過，我便早退了！」她含笑。

霆軒呆了好一陣。

他慢慢拉過她的手，放在唇邊。「我們不是習慣當天才約的嗎？」

欣怡笑了。

他仍是那一直等待被寵的他……

宮島

十八年前。

日本總店派來的壽司師傅益田。

「你是宮島人？那兒離東京很遠嗎？」

侍應可兒，從未去過日本。

「宮島可以在廣島坐船過去。這是我家附近的照片。」

益田只肯透露一點點。

＊＊＊

一年後。

慶幸成為益田妻子的可兒問：「為甚麼不可以生小孩？我會是個好媽媽！」

即使可兒不停抗議，益田也只是搖頭。

再兩年。

這天，可兒大聲叫益田。

「甚麼事這麼高興？」益田帶笑的轉過頭。

突然想起甚麼的可兒呆了一下……

「沒有……剛見到自己有一條白頭髮！不知道我為甚麼會愈來愈老，而你一點也沒有變。」

可兒急急找個話題。

這是兩人最後一天的對話。

之後十五年。

可兒幾乎每天都在重溫這段對話，希望找出原因：為甚麼第二天益田會一言不發，返回日本。

在日本東京總店幫忙下，可兒也到過日本兩次尋夫，但益田，就此人間蒸發。

＊＊＊

二〇二〇年準備搬家的可兒，在一堆雜物下，見到這張照片。

「宮島！」陳年的記憶忽然浮起……

在農曆新年期間，可兒終於踏上瀨戶內海的宮島、丈夫曾提及的地方。

走在嚴島神社曲折迴廊的可兒開始焦急，為甚麼見不到照片上的地方。

是因已十五年，改建了嗎？

灰心的可兒沿迴廊出口，轉入小路。

然後。不可置信的可兒拿出照片，是這裏！竟真有這地方。

震驚至極的可兒，跌撞進旁邊的一所壽司店坐下。

在店內，像中間的歲月被剪去般……

益田，帶着與十五年前同一笑容，重現眼前。

「你欠我一個解釋？」可兒雙眼轉紅。

換我心、為你心、始知相憶深……

益田望着已帶歲月痕跡的可兒……還有……她身邊的女孩，心中承受不住刺痛，已不想再隱瞞。

「宮島，這神島不時會出現我這種不老的人……日子過得很痛苦……我曾向你

提過宮島；我以為你已發現我的不老秘密……你再結婚了嗎？」

可兒冷靜下來：「沒有……是朋友的女兒陪我來。」

已到傍晚。可兒在最後一班船、踏上歸途。

「媽媽，這明明是爸爸，為甚麼你要騙他我是朋友的女兒？」女兒問。

「沒有騙他。」夕陽下的船駛離宮島。

「只是……以一個秘密換一個秘密。」可兒輕輕回答。

失戀

「你說、你說清楚！」惠惠攔住前面這對男、女，不讓他們離開。

惠惠與偉達是同組同事，這天下班碰到，一起走向捷運站。

然後，應該是惠惠的男朋友吧！與另一個女生手牽手的讓惠惠遇到。

被攔住的惠惠男友一言不發，甚至沒有放開與另一個她牽住的手……

過了好一段時間，男友轉身離開。

沒有一句解釋的離開，也就解釋了一切。

惠惠仍站在那位置。

很久、很久。這才發現身旁一直陪她站在那裏的偉達。

「去吃火鍋！」偉達找個讓惠惠離開的藉口。

這是兩人的第一次約會；也是惠惠從頭到尾在發呆的晚餐。

偉達原以為會在自己面前哭訴失戀的惠惠，只是比平常沉默了一點。

然而，倔強的失戀原來是比可以痛哭的失戀更痛……

惠惠迅速消瘦。

「減肥成功了！」偉達笑惠惠，順便送上她喜歡的菠蘿油餐包。

＊＊＊

半年後。

同一個地點。

同樣是惠惠與偉達在一起。

惠惠再遇到男友，他單獨一人。

這次是男友倔強的站在她面前，不肯離開。

「為甚麼不看我的短訊、不回電話？」男友問。

惠惠一言不發，也沒有離開。

偉達詫異。

這陣子兩人天天見面；由早上班到一起吃晚餐，為甚麼從沒有聽過惠惠提起。

陪惠惠站在那裏的偉達漸漸感到身旁兩人間的無聲交流……

偉達低頭苦笑了一下。轉身離開。
站在捷運站內。
甜酸苦辣感覺一齊湧上。
愛一個人……竟只有那一點點的甜。
車到站。
他準備上車。
旁邊有一個人的手握住了他的手。
「不等我。」惠惠假裝若無其事的臉。
「你不是遇到朋友嗎？」連偉達自己也感到話中的酸意。
「是啊！我告訴他，我男朋友有事要離開，所以我也沒有空與他談了！」
「你很自作主張啊！我是你男朋友嗎？」偉達順着她的語氣，喜不自禁。
「感謝你。讓我有尊嚴的失戀。」惠惠低下頭

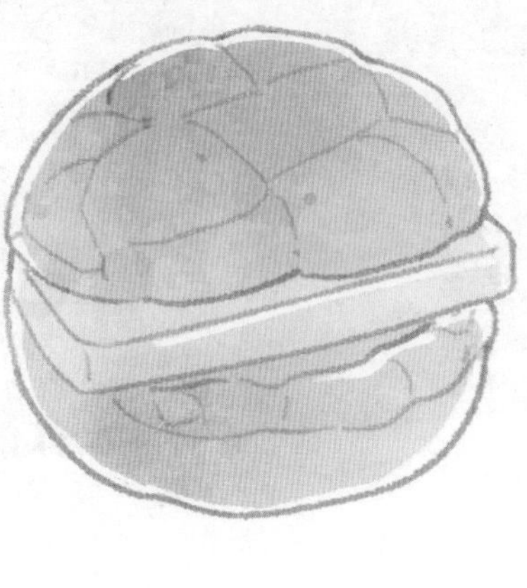

輕聲感謝。百感交集。

「喂！我不是代替品。」偉達急起來。

惠惠望着偉達。

「你不是代替品……你是遲來的主角。」

盈盈愛意。

由今開始。

代駕

捱了五年，終於升級成為總經理的志偉，在慶功宴上灌下了一瓶紅酒。

同事替他找了個代駕。

之後，志偉只記得在搖晃的車中，睡得香甜之極。

「我們公司正招聘司機，你一定要來應徵。」

雖然已醉得幾乎下不了車，但志偉仍硬塞了一張名片給這長髮、年輕的代駕。

這是苓惠成為公司司機的經過。

＊＊＊

對志偉這種欠缺吹捧技巧的實幹派，每天下班都會是累到在車中發呆。

然後不知道在甚麼時候，車開始停在水果攤前、超級市場前……

苓惠有默契的為他購置晚餐、日常用品。

＊＊＊

「今天客戶送了自助餐券，一起去好不好？」志偉笑問苓惠。

她詫異的抬起頭。

志偉看到她的長睫毛。

「今晚有事……」

＊＊＊

東邊日出西邊雨……

幾乎每天見面，但苓惠的沉默令志偉開始徬徨。

她剛才電話響了，為甚麼不接？

她今天為我買了一大堆龍眼，她很喜歡龍眼嗎？

* * *

「今天晚上客戶請吃飯，他很喜歡喝酒，我估計自己也不得不喝。可否請你等我吃完飯後送我回家？」

志偉不好意思。

苓惠點點頭，沉默如昔。

志偉微醉的，提着兩大袋產品樣本，在飯後被苓惠送回家。

「幫忙提回家好不好？太重了。」志偉少有的要求。

打開門。

苓惠見到屋內四處掛滿的「Happy Birthday」，還有桌上的花、蛋糕。

「生日快樂！」志偉低聲、尷尬的……

苓惠低下頭。想了又想。

去年。

替哥哥公司做兼職代駕。

第一天上班的顧客便是志偉。

在駕駛中，忍不住一直在倒後鏡看他。
從小就很知道自己喜歡的人是甚麼樣子，只是沒有想到會有真人出現。
他睡得香甜……
然後，身不由己的申請做司機，甚至不敢填上大學學歷。
是怕太愛一個人，在失去時的不能承受吧！
只敢在他身邊徘徊……

＊＊＊

「你一直知道我喜歡你，是嗎？」苓惠想通了，這麼含蓄的志偉若不是看懂了自己，是絕不會走這戲劇化的一步。
「沒有。」
忽然聰明了的志偉，急急擺出莫名其妙的笑容。「只知道我一直喜歡你。」
苓惠忍不住一拳打過去：「很會捉弄人啊！」

是。Surprise！Happy Birthday！

＊＊＊

道是無晴卻有晴……

委託

小小偵探社內的兩位員工，有點受寵若驚的接待這位身穿香奈兒套裝的女士。

「我想知道我丈夫與這位女同事的關係。」

少婦開門見山，將照片交給小林——這老闆及私家偵探。

一件很直截了當的委託，小林助手秀群將有關資料記下，送客出門。

秀群拿着照片，帶着私家偵探助手應有的敏感度；等老闆下指引。

小林托着頭，想不通這客人為甚麼要如此轉折的委託偵探社。

「你知道照片內的人是我太太與她上司。」

旁觀者清。小林不得不向秀群求教。

「是。我知道、你知道；我們的委託人當然也知道。」秀群直言。

「那為甚麼還要委託我去查自己的太太。」小林不可置信。

「當然是希望你以丈夫身份，阻止太太紅杏出牆；順勢借刀趕走丈夫身邊的第三者。」

* * *

以往與太太在晚餐時東拉西扯的小林，今晚一直猶豫着……

要不要直接問太太與上司是怎麼的一回事。

但，萬一是事實。

小林心中一陣刺痛感，是不是應該先暗查一下。

不覺得小林神色有不對的太太，仍在柴米油鹽中東一句、西一句。

「老婆……」

「甚麼事？」太太抬起頭，等他說下去。

仍無法開口的小林，忽然明白了自己。

「結婚這麼多年，我還是一樣的愛你。」

小林忍不住的心意，傾瀉而出。

太太一怔。

在飯廳、這毫不羅曼蒂克的明亮燈光下……

「很肉麻喔！」她笑笑，收拾碗筷回廚房。

* * *

廚房內。

小林太太掩臉，怕哭聲傳出。

內疚的眼淚流個不停。

外面那傻小子，是應該知道了自己與上司的一段不應原諒的感情。

然而。沒有責備、追究。

只有愛的包容……

＊＊＊

捧着水果由廚房出來。

小林太太說：「剛才那話我聽得不清楚，可否請你重複一次？」

小林想一下，簡潔的重複：「我愛你。」

小林太太眼轉紅，心酸在慚愧前。

「有時我會忘記自己也愛你，感謝你提醒我。」

小林雙眼溫柔的落在面前的她。

沒有搖曳的燭光。

她依然是他當年第一眼就愛上的人……

＊＊＊

仍是愛。

混在柴米油鹽中的真心、真意。

感謝你提醒我
有時我會忘記自己也愛你……

那夜

在英國倫敦唸研究院的秀嵐，坐在紅獅酒吧內。

她望着鄰桌的他……

過去兩星期，大家每晚對望，總以為有的是時間互相認識的他……

猶豫着下一步。

因疫情告急，大學已下令所有同學搬出宿舍。

香港很快會對英國封關，秀嵐已訂了機票，明天離開英國返回香港。

她喝光桌上的啤酒，為自己灌足勇氣，走向他。

「到我家喝咖啡？」秀嵐望進他雙眼。

他猶豫了好一陣。

最後。他站起來。

插在褲袋內的手、顯示了那一絲羞意。

「謝謝你。」他低頭，輕聲的回應。

床上的兩人，不像剛認識的陌生人。

緊抱的身體，道出藏匿着的情意。

＊＊＊

兩年前在英國完成研究院畢業的秀嵐，在疫情高壓下，今天走進在自己家附近的校園。

仍在停課，冷清的校園內，秀嵐一眼認出迎面走來的他。

口罩上，那熟悉、曾經深情的雙眼。

她呆住。

那以為是過去、放肆的一夜，怎可以走進現實世界。

沒有停下的兩人，腳步一直走着。

慢慢……擦身……而過。

已走過他的秀嵐停住。
不捨得，遇到，又失去。
「我是張志明。」是後面停住腳步的他。
秀嵐掙扎。
曾是這麼不顧一切的一夜，是不應回望的過去嗎？
「那晚的我……不是真的我。」她不知道怎樣表達，如果不是以為沒有機會再見到他，她不會有那晚的勇氣。
「那晚的我……」他停了一下，走到她前面，雙眼沒有放過她：「是真的我。」
她等了好一陣。
終於。
放棄掙扎，讓愛情戰勝自己：「喝咖啡？」
他慢慢綻出笑容。
原來他臉上有個酒窩。
她將手指放進他的酒窩……
「今天的我，是真的我。」

BREWED COFFEE
ESPRESSO
Starbucks
VIA®
今天的我 是真的我

愛過

他與她是一場車禍中的主角。

德偉在深夜，晚宴回家路上，車子撞上在小路中衝出來的惠芬。

在病房外內疚不已的德偉，驚訝的發現這位腿骨折的傷者完全沒有訪客；更甚是……沒有一句怪責的說話。

開始時，只是內疚加關懷的德偉，漸漸被惠芬的溫柔所牽動……

他心酸的明白，原來愛上一個人，是如此無奈與被動。

德偉一直記得那一天。

在自己勇敢告白後，惠芬雙眼靜靜的停在他臉上。

很久、很久後，她才一言不發的離去。

離開前，惠芬雙眼由他臉上移向他身後，平靜的說：「可惜，我背着一個配不上你的過去。」

她沒有眼淚，只帶着對命運逆來順受的悲痛，轉身離開。

＊＊＊

思念與猶豫，像角力般撕裂德偉。

惠芬轉身離開那一幕，在腦海中一直轉動……

然後是父親在一星期前發怒的說話：「她十九歲已入行做陪酒，你在哪裏認識她？」

陪酒？

如果不是父親找偵探社，德偉很難將惠芬與陪酒拉在一起。

她是這麼溫柔、沉默……

然後。

他勇敢的選擇了告白。

＊＊＊

自那日開始，他沒有停止過痛恨自己；痛恨自己接受她的離去。

十年後。

德偉剛升任部門經理，今天與妻子一起到集團主席家中晚餐。

「讓我介紹我太太。」年過六十歲的主席臉上堆滿笑容；「還有我兒子。」

像電影情節般，德偉轉身見到沉澱在腦海中，一直忘不了的她。

惠芬美麗如昔；旁邊的，應該是五十五歲才初做父親的主席、經常提起的六歲寶貝兒子。

「念偉，叫叔叔。」

德偉聽到妻子忍不住的聲音：「這麼巧，我女兒叫念芬，大家名字中間都是一個念字。」

＊＊＊

由見面開始，一直帶着禮貌的微笑，看來像不認識德偉的惠芬，在這一剎那，將視線直直的投向德偉。

兩人視線，無法自制的交纏着……

最後，惠芬向他輕輕點頭、微笑。
曾令她流淚不止的愛情，原來只有分離，沒有消逝。
他還她一個微笑。
與妻女入座。

＊　＊　＊

晚餐開始，大家舉杯。
他向她遙遙舉杯……
感謝當年。
曾經真的愛過。
此後。餘生的。
延續……

Whisky Wine BAR
曾令她流淚不止的愛情
原來只有分離　沒有消逝

路過

這是一個雷雨夜。

住在西雅圖與溫哥華邊界處的瑪莎，詫異的聽到汽車駛近的聲音。

這附近沒有人家、瑪莎警覺的望向窗外。

白色本田汽車內跑出一名男子，接着瑪莎聽到敲門聲。

「對不起。我汽車雨刷壞了、又忘記帶手機，可否向你借個電話？」門外是一把溫文的聲音。

開門借出手機的瑪莎，聽到他用中文向對方解釋要停一下避雨……

在交回電話後，應該對陌生人十分戒備的瑪莎，不知道為甚麼會說：「進來等吧！這雨可能要好一陣才會停。」

* * *

「謝謝你。」走進溫暖屋內的他，是一個不到三十歲、英俊得出奇的高個子。
「我給你弄一杯咖啡。」瑪莎帶他走進廚房。
他看到零散在地上的小孩子玩具。
「我叫德偉。你和孩子住在這裏嗎？」他大口喝着喜愛的咖啡加滿滿牛奶。
夜漸深。
兩人談得投契。
「媽，你與甚麼人在說話？」房內走出一個約五歲的小男孩，愛嬌的要母親抱。
小孩長睫毛、臉上左邊有淺淺的笑窩。
「媽媽與叔叔在說話。叫……叔叔。」
不慣見陌生人的小孩笑笑，不肯開口。
他走近小孩，彎腰低聲說：「你好漂亮，你叫甚麼名字？」
「蔡志文。」小孩帶點害羞的回答。
「你這麼好看，可以跟叔叔一起拍個照片嗎？」
想不到拿出相機的陌生人，竟提出這麼意外的要求。
小孩望向媽媽，她猶豫，最後輕輕點頭。

雨下個不停。
咖啡換了一杯又一杯。
小孩已在母親懷中睡了。
兩人天南地北。

＊＊＊

雨終於在早上停了。
他不得不站起來告別。
「謝謝你。我不曾忘記……」德偉拿出一個信封給她。
他左邊臉上，仍是那熟悉的笑窩。
她看着車子駛離，淚水滴在腮旁。

＊＊＊

六年前。

身為化妝師的瑪莎，被邀到溫哥華為到該地拍外景的電影隊化妝。

在公餘，她盡地主之誼帶紅透半邊天的主角蔡德偉四處遊玩。

在外景隊離開前一天，他回她家度過纏綿的一夜……

以為只是他的插曲。

＊＊＊

她打開信封。

一張支票，一封短訊。

「很辛苦才找到你和兒子。

等我。

回去拍我最後一部電影。
愛你。」
是日夜在心上，從不能忘記的他……
原來不是沒有明天的愛上。

疤痕

疲乏下班路上。

德輝的機車撞上前面貨車那一刻，他腦海泛現的，是欣媚那帶點捉弄式的笑容。

在醫院醒來，德輝再見到的，仍是欣媚那張臉……

帶着令他瘦軟、無力抵抗的美。

「嘩！你會不會毀容？」欣媚驚愕的看着德輝重重紗布包裹着的臉。

＊＊＊

「稍後可以將疤痕磨平一些。」醫生的建議，更肯定了德輝那臉上疤痕的矚目。

一月後，欣媚不動聲色的漸疏離。

約她？另有安排。

傳短訊，久久才有勉強的回應。

欣媚無法接受，曾經是金童玉女的一對，成為歌聲魅影劇（*The Phantom of the Opera*）的醜男美女……

過了很久，德輝才明白他被分手了。

如刀插入心……曾這樣百般遷就的女友。

她誇大了他臉上疤痕的醜陋。

* * *

沒有英俊帶來的驕傲，德輝第一次委屈的留意到皮膚下的一層。

工作至傍晚才離開辦公室的他，用工作成績，不是不艱苦地包裝着外面的疤痕。

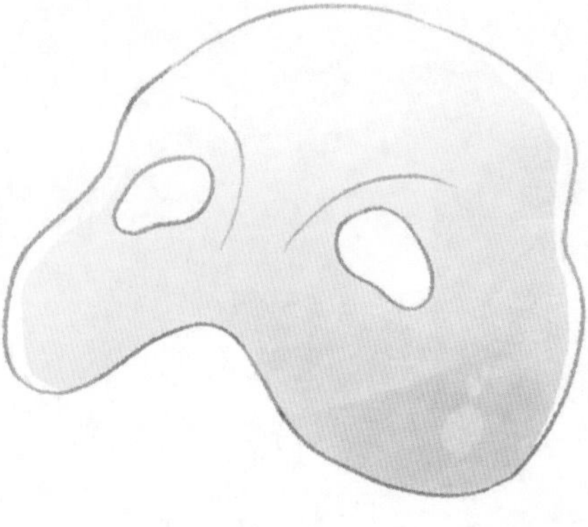

＊＊＊

「很久不見了，有點……想你，想見見。」

欣媚的人，日夜在德輝心上，聲音卻陌生了。

她好像說不出「想你」。

下班後，他衝回家穿上「Armani」才開始這再見面。

「和他在一起……才明白你對我好……」

欣媚毫不介意的開始數算那一個又一個的新男友。

德輝的眼停在她臉上，心一直絞痛着。

欣媚，你甚麼時候才見到我？

欣媚仍在抱怨那些未夠好的男友。

德輝低下頭：為甚麼她會認為自己可以無動於衷的，聽着愛人與別人交往……

欣媚背後，餐廳的鏡子清楚照出他臉上疤痕：這刻在臉上的印記，帶走了他顏值的輝煌，然而，也磨去她美麗的魔力。

德輝站起來：「對不起……」

他想不出下一句，只得轉身離開。

他脆弱外表下那殘餘的自尊，已無力再扮演那呼之則來的角色……

他那殘餘的自尊
已無力再扮演那呼之則來的角色.....

眼淚

高鐵由台北至台中只是一個小時的行程。

在疫情中要全程戴着口罩的惠敏，讓眼淚放肆地流下。

＊＊＊

由台中到台北唸大學。

在第二學年開始後三個月，惠敏靜靜的搬進學長宇德的小單位。是帶點戰戰兢兢的喜，因他確認了她的女友身份；也帶戰戰兢兢的驚，因他已公開的前女友已有五人，還未計短暫地下的……

可以不用等待約會便見到心上人；惠敏盡全力的去澆灌這段愛情。煮他愛吃的辣、將他亂成一團的房間清潔至晶亮。

直至這一天。

「這女生將你和她在床上的照片傳給我，你有話要對我說嗎？」惠敏強迫自己冷靜、期待宇德有一個她可以接受的解釋。

宇德看了一眼照片。眼睛望向地下，一言不發。

「我愛你……和她，只是……已沒有再來往。」

幾乎已等不下去之際，宇德開口。

在以往，就一個小小話題已可以談個不休的兩人，今夜只剩下沉默。

「我出去走走。」惠敏強迫自己離開，讓頭腦有不受干擾的思考機會。

走近士林夜市。

商店的燈仍燦爛的挺着疫情下低迷的生意。

自然地愛上的兩人，因同住增添了溫馨，但卻也因朝夕相對沖淡了激情；然後，宇德管不住自己的身體。

她帶着宇德喜愛的「雞排」回家。

宇德意外的看着雞排，忐忑的等待下一步，這會是暴風雨的前奏嗎？

＊＊＊

第二天。

在宇德仍在熟睡的清晨，惠敏收拾了書本、常穿的衣服，踏上回台中家的高鐵。

她仍愛他，所以選擇了用愛包紮那告別的傷口。

再不離開，她會因宇德一再的「管不住」，令愛變成折磨。

離開能凝固住「愛」的醜陋。

＊＊＊

打開門的惠敏母親驚愕一早見到提着行李的女兒，「正奇怪你為甚麼不用上課也不回家……」

惠敏一把抱着母親，再也忍不住哭聲。

＊＊＊

感謝。在愛的創傷後，有一個可以休憩的臂彎。

母親沉默。

心痛女兒的眼淚，也隱約知道這困難一步的代價。

「不要哭……日子還是要過……」

母親說。

成全

偉晉在志倩臉書上，看到她離開英國時在機場拍攝的照片。

算算時間，應是抵達家了。

曾那麼努力忘記的記憶，因志倩的回來，忽然清晰。

兩人同在英國的那些日子……

偉晉還記得是大學第二年的一月，手機響起，他人生也由這一通電話改變。

父親離世，母親無法接受父親的離開……

現實上，家裏也不會有足夠讓他唸到畢業的金錢。

偉晉只得在一夜間成熟，收拾行李離開英國。

他在父親老朋友公司打工，薪金還不錯，但要返回英國唸書，仍是遙不可及的夢。

留在英國唸書的志倩沒有變。

她還是將每一天像日記般告訴偉晉。

然後。

「Simon」這名字，不經意的在志倩字裏行間出現。

Simon 唸藥劑、家住山頂道、父母均是醫生，埋怨他考不上醫科……

＊＊＊

一個月前的晚上，偉晉工作到近八時才離開辦公室。

坐在捷運內，手機上的志倩忽然變得這麼遙遠。

她天真的笑，與他工作上的委屈是這麼格格不入；她將赴愛爾蘭參加的聖派屈克節，幾乎變成了一個窮小子的嘲諷。

在回家路上，他見到因路燈壞了而呈昏暗的家前小巷。

他再無法舉步……

好一陣子，他拿出手機寫給志倩：「對不起。我戀愛了。與另一個她。」

只是這短短的時間，偉晉訝異自己滿臉的淚水。

愛她，也應做到「成全」她的幸福。

是無法以自己的拮据給志倩幸福時，放手……

也只因愛她到再沒有自己。

如偉晉所料。

志倩只回答：「再告訴我一次，真實的。」

偉晉幾經辛苦才能將同一信息再發一次給她。

志倩是那種不會懇求愛情的人，正如偉晉所料，她選擇以沉默去回應他。

＊　＊　＊

下班後的偉晉是這麼疲倦。

走向捷運的路上，他想起拜倫的一首詩。

他低頭向自己苦笑。

還是，相見爭如不見。

打開家門。

一個人轉身站了起來。

「你媽說你沒有女朋友？」是志倩。

偉晉再也無法控制自己。

他緊緊擁抱着她……

If I should meet thee
After long years,
How should I greet thee?
With silence and tears.

When We Two Parted
by Lord Byron

曾經

「我已不是歌手了。」

二十二歲時曾紅極一時，之後急流勇退赴美國唸書，畢業後回國，低調地成為白領的德永，詫異有人還會記得自己。

「你那首《曾經》最近被用於電影中，又再紅了起來。我們覺得可以趁機開一次音樂會。」

唱片公司副老總惠美想不到的年輕。

德永搖搖頭，還是做自己比較自由。

三天後，德永又再收到惠美的邀請。

仍對歌壇帶點好奇的德永，與惠美在辦公室附近的意大利餐廳見面。天南地北。

惠美沒有如德永想像般殷勤地邀請他演出。

也許是自己已過氣了。德永放鬆了戒備……都是喜愛音樂的人。

披薩、意大利麵加紅酒，時間迅速溜走。

＊　＊　＊

一個月後。

已進入朋友與情人間模糊境界的德永，終於開口：「你之前頻頻約見我，不可能是因我這已被遺忘的歌手吧。」

低頭進食的惠美抬起頭，眼睛停在他臉上。

過了很久，「你說得對。我等候再見你，已等了很久。」

德永愕然，沉默等她繼續。

「五年前。我大學第三年。父母慶祝我生日，陪我去了你的告別演唱會。我睡房內

掛滿你的海報。」

餐廳的昏暗燈光照出她低垂睫毛下的弧形。

「父母兩人用力將我推到台邊與你握手。你的手很溫暖……」

她抬起頭，已隱約見到淚光。

「那一刻，我覺得自己很幸福。愛我的父母在身旁。而我，又可以與你見面。」

德永想起當日告別歌迷、轉身走進後台時，自己滿臉淚水。

惠美再繼續：「人生中的幸福時刻原來可以很短暫。第二天。父親外遇事件曝光，母親接受不了患上情緒病。之後，父親離家……那一晚，原來也是我與溫暖的家道別的時刻……我很傻，總想你再演出那一片段，讓時光返回、停在那一刻。」

德永為她難過。

他將手放在她手上。

「雖然我無法返回往日的時光。」他的聲音很低沉：「但我可以給你我溫暖的手……可以給你將來。」

＊＊＊

他送她回家。

走過安靜的道路。他低低為她唱出《曾經》。

她拉住他的手……她回到那天。

父母溫暖的手在背後，推向她捉住他溫暖的手。

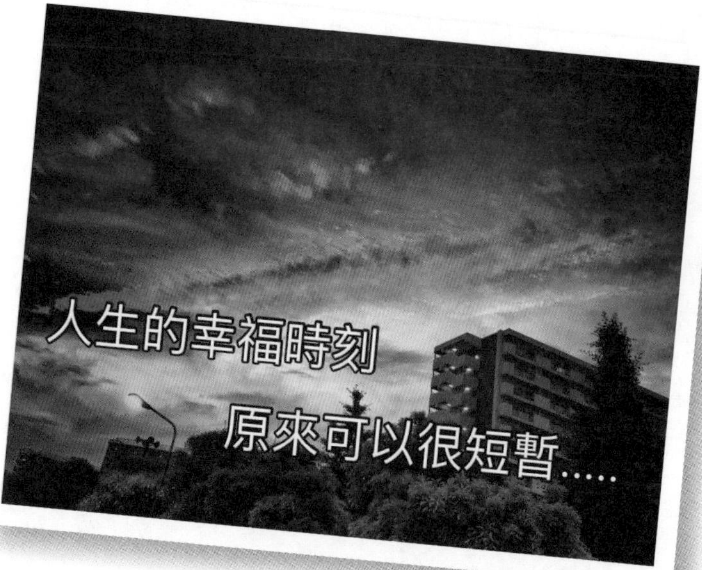

戒指

一六六一年。

皇宮內亂成一片，急救藥方不停傳來，宮女輪流替命已垂危的皇上順治帝試藥。至一劑特強偏方傳入時，所有宮女都避之不及。

順治帝寵愛的董妃雖然離世，但自小與董妃一起長大、隨她入宮的紫寒，有感順治帝對自己已逝好友的恩情，毅然上前試藥。

一下肚已腹痛難忍的紫寒，自覺大限已到，毅然求皇上開恩，回家見家人最後一面。

皇上在紫寒臉上，見到不曾放下的董妃影子，他含淚在衣帶上解下一直掛着的玉戒指：「這是董妃的戒指。你上天後，叫她戴上，讓我可以找到她。」

怎料紫寒返家之際，一路在馬上顛簸，不覺間將藥發散了，回家後，竟慢慢康復。

她二十二歲嫁納蘭淳儀。

但怪異的是紫寒一直沒有老去，像被凍結了在離宮那一年。

＊＊＊

三百五十多年……

帶着無法變老的容貌，紫寒輾轉在不同城市生活，過着無盡頭的孤獨生活。

唯一感到溫暖的時刻是拿出那戒指，緬懷當年宮內的盛世。

＊＊＊

星期六下午的圖書館。

熟悉的圖書館員董菲，帶笑向紫寒點頭：「今天有一位

作家在這裏介紹他新出版的清朝歷史書。」

再帶點不好意思：「你有空去坐坐，支撐一下冷清的場面。」紫寒點點頭。

這作家筆名「信志」。

他用幻燈片介紹順治帝的手繪像。

「這是順治帝從不離身的戒指。」信志解釋：「是董妃的戒指，最受皇帝寵幸的妃子。」

紫寒「啊」一聲站起來，忍不住拿出錢包內的戒指。

她發抖的手握不住戒指……

「這麼漂亮的玉戒指！」董菲撿起地下的戒指，忍不住戴在手上欣賞。

「為甚麼會是一樣的戒指！」被吸引過來的信志見到戒指，即時呆住。

看着這二人的紫寒，終於明白這三百多年的等待……

「他愛了你一生，臨終還記着你。」

紫寒緊捉住董菲的手，和着淚說。

「他叫你戴起這戒指，他便會找到你。」

紫寒在倒下前的一刻，拉住信志的手，放在董菲戒指上。紫寒含笑逝去。

三百多年前的記憶還是這麼清晰：

與董妃小時一起溜出市集買胭脂；在宮中，順治帝靜靜走到董妃背後偷吻她；丈夫納蘭淳儀走時自己的啕哭不捨；問世間，情為何物？直教生死相許。

分手

是兩個人相對流淚的分手。

性格上的差異：德輝喜歡與一大班老友喝酒、聊天混混，秀怡渴望緊密的二人世界。

初時秀怡要遷就不難，日子下來……不難就漸漸變成為難。

由初期她溫柔的罵，到變成放假一人落單的忍無可忍。

秀怡告訴自己，即使結婚，他的好友活動肯定仍會高居首位，二人世界，將會是一個不可能的希望。

加上秀怡旁邊也開始有其他的「他」……

她決定尊重德輝，先分手再開始下一個。

德輝的落淚是因為不相信，有一天她會不再包容；她落淚是因為愛與理智的掙扎，理智的分手未能按熄心底的情意。

＊＊＊

兩人都很努力開始新一頁。

她有新男友。

他也有了新女友。

兩年後。

一個校友的聚會。

德輝離遠見到秀怡。

當日他與老友 Happy Hour 時，秀怡委屈的眼神，隨着兩人的再見忽然浮現。

旁邊的女友說：「替我拿杯 Sparkling wine。」女友一貫帶點愛嬌的命令語氣與秀怡的溫柔，矛盾的在內心交集。

德輝終於拿了一杯 Ginger Ale。

「你喜歡的 Ginger Ale。」德輝身不由己，為秀怡拿上她心愛的飲料。

秀怡抬起頭，悲喜交集。

德輝進來時，秀怡已見到他身旁的女友。心底酸意……

然後是他的走近。

她接過杯子，那一刻的心底情意再無法被按住。

「德輝：帶我離開這裏。」秀怡急急的說。

他心在猶豫，手卻拉住了她往外走。

「你為甚麼會離開我？」Starbucks 一角，他問她。

「不了解你……不知道女友與好友可以共存。」她回答。

「那現在我們為甚麼會在這裏？」他緊盯着她。

「了解了你……其實好友不曾取代過我。」她含笑。

誤會的分手。

了解的重聚。

「那表示結婚後我仍然可以與老友去喝啤酒？」德輝忽然高興起來。

「我生小孩前，放你一馬。」她再笑笑。「生小孩後，你就得做牛做馬了。」

他舒一口氣。

趕緊約老友再喝酒吹牛！

來日無多了！

誤會的分手
瞭解的重聚

依麗

「你再與那幫人一起混，我們就分手吧！」

依麗雙手繞着十六歲的兆輝頸項，半帶認真的嬌嗲說話。

＊　＊　＊

「你替我做了這次，我便讓你帶這一筆錢離開幫會。」

幫會頭頭認真的說：「只要一槍，你便可以有半生也賺不到的錢。」

依麗的笑聲在兆輝腦海泛起，他咬咬牙，點頭答應。

＊　＊　＊

槍聲響起。

對方手臂中彈，其他人一擁而上，原負責掩護兆輝的人早已見勢色不對逃之夭夭。

兆輝束手就擒。

被判十年監禁的兆輝第一次見到來探望他的依麗，兩人相對痛哭。

她誓言一定等他出獄。

依麗的探望，成為兆輝捱過艱辛牢獄的唯一支柱。

三個月後，依麗突然音信全無。

輾轉知道她被父母押往加拿大升學。

痛不欲生的兆輝被時間……漸漸麻木了那無法忍受的痛。

* * *

十年牢獄生涯。

出獄那天才知道父親已離世，母親帶着弟弟來接兆輝出獄。

他偷偷四處張望。

沒有。

苦澀生涯的盡頭仍等不到依麗那皺起鼻的頑皮笑容。

＊＊＊

幫會頭頭早已換了人，答應的錢也追究無門。

兆輝變了另一個人。

只是二十六歲，沉默寡言的他已有着中年人的滄桑。

這天在餐廳工作的兆輝，招待了兩位客人入座。

一轉身，後面響起他永遠也忘不了的笑聲。

他急轉身……

是她，是依麗。

他正想衝上去時，坐在依麗對面一個外國人，親密的替她撥開垂下來的頭髮。

兆輝忍住發抖的手走近依麗……

依麗自然的向侍應打扮的兆輝說：「我們要兩杯咖啡。」

兆輝點點頭。

他走不動的腿，讓他再聽到，她一句刺痛他的說話：「謝謝。」

依麗已不再認得他。

他幾經辛苦才可將自己移進廚房；依麗當年愛嬌的聲音再響起：「……我們就分手吧！」

一句改寫了兆輝一生的說話。

他用手背擦去那急流下的淚水……

他衝出餐廳外，嘗試捕捉那追不回的說話：「你再與那幫人一起混，我們就分手吧！」

將來

在非洲做義工的無國界醫生秀蘭受感染，持續高燒一星期。

朦朧中醒來，她在圍着她的面孔中，找一個人。

見到志祥的臉，她嘆了一口氣；可以再見到他，真好。

大半年的朝夕相處，兩位無國界醫生不是不知道對方的心意。

然而，她是來自馬來亞的華人，他是由倫敦來的英籍華人。

一年後，大家都會回到地球兩端……

再熱烘烘的相遇，也會結束在時空的相隔。

但一場幾乎奪命的感染，令秀蘭明白明天再臨，並非必然。

能夠起床的第二天，她勇敢的向他表白自己。

他把她的頭擁入懷中。

她昏迷的那一星期，他度日如年。

可以相擁，才知道理智在愛情前面，是多麼的微弱。

＊＊＊

這三個月內，兩人無懼的相愛。

說不盡的愛戀纏綿……只有一個不敢觸動的話題：「再見？」

到離別那天，她在機場拉着他的手不放；她飛濺的淚水，守不住他決堤的悲傷……並非愛情不堪一擊，只是現實比想像中更難。

＊＊＊

開始時還視訊不斷。

然後聯繫在彼此繁重的工作中，消磨到零星的互祝生日、節目祝賀。

＊＊＊

十一月還有一星期到感恩節，秀蘭到美國加州聖地牙哥參加一個熱帶病學研討會。

雖然熱帶病是兩人的專業；但秀蘭沒有勇氣問志祥會否參加，怕換來失望。

入場後，走遍全場也沒有他的影子……

是平心靜氣的失望；兩人的緣份在兩年多前的機場，已畫上句號。

＊＊＊

下午。中場休息時，秀蘭走出會場，享受在初冬之際仍然溫暖的太陽。

一個影子無聲的出現在她身旁。

她抬起頭，百感交集。

高興再見，更怕分離的刺痛。

志祥把她的頭再度擁入懷中。

當年，病中醒來後，他擁抱她帶出的勇敢再次湧現：「不准你再離開……」他身體的熱度點燃了她以為熄滅了的情意。

「我會去馬來亞教書……只是一所小小的學院。」他在她耳邊說出他們的將來。

她呆住。

說不出的感動……他這犧牲的一步。
秀蘭也隨他走出下一步，在大庭廣眾間，她吻住了他……

旅情

在澳洲悉尼大學畢業的志輝，在校內臉書寫下：「疫情中不能出國。決定駕車環繞澳洲；徵求可以輪流駕駛及分擔費用的夥伴。下星期一出發。」

本預算沒有人會有興趣的志輝竟意外收到一個回音……

到出發那天，雙方都吃了一驚。

她：雅怡，以為「他」是女生。

他：志輝，直覺「她」是男生。

大家都拿着出發的行李；進退兩難後，決定不拘性別，一起上路好了。

兩個都是不喜歡說話的人。

也都想不到竟然可以遇上與自己這麼有默契的另一半。

陌生人的行程漸變成不想說再見的戀人之旅。

直到這一天。

志輝掩不住的喜悅：「有公司聘請我，我會去布里斯本上班。我要立刻回

程了。」

「我們……」雅怡意外。

「我們一個在悉尼，一個在布里斯本。」志輝接上去。「我怕這種遠距離戀情帶來的壓力……」

雅怡點點頭。

幾經辛苦才能忍住湧出來的淚水，維持一貫的沉默。

「不如我們先分道揚鑣，你專心學業，我專心事業。一年後我們再決定將來好不好。」志輝似乎對新職位有無限憧憬。

雅怡雙眼停在他臉上，那眼中已沒有「她」的陌生志輝。

＊＊＊

一年的互不通音信。

雅怡的影子竟毫無褪色；志輝終於明白了自己的心。

志輝約雅怡見面。

然後。他呆住。

雅怡與另一男生手拖手一起出現。

志輝想不到自己的反應，雖然緊咬嘴唇，他眼眶還是一圈圈的轉紅。

「恭喜你。」他很辛苦才說出這一句。

雅怡與那男生的寒暄聲音在志輝耳邊飄過……

「我怕這種遠距離戀情帶來的壓力……」是志輝說話的回音。

志輝聽着自己離開的沉重腳步聲。

對，沒有不願付出但會有收成的愛情。

天地
www.cosmosbooks.com.hk

書　　名　一刻。悸動——愛情微小說集2
作　　者　孫恩立
責任編輯　郭坤輝
插　　圖　藍小間
美術編輯　郭志民
出　　版　天地圖書有限公司
香港黃竹坑道46號新興工業大廈11樓（總寫字樓）
電話：2528 3671　傳真：2865 2609
香港灣仔莊士敦道30號地庫（門市部）
電話：2865 0708　傳真：2861 1541
印　　刷　亨泰印刷有限公司
柴灣利眾街27號德景工業大廈10字樓
電話：2896 3687　傳真：2558 1902
發　　行　聯合新零售（香港）有限公司
香港新界荃灣德士古道220-248號荃灣工業中心16樓
電話：2150 2100　傳真：2407 3062
出版日期　2022年7月／初版

ISBN：978-988-8550-28-9